下一个男人不一定不好

徐瑞莲 著

中国社会出版社
国家一级出版社★全国百佳图书出版单位

图书在版编目（CIP）数据

下一个男人不一定不好 / 徐瑞莲著. —北京：中国社会出版社，2013. 8

ISBN 978 - 7 - 5087 - 4476 - 6

Ⅰ. ①下… Ⅱ. ①徐… Ⅲ. ①故事—作品集—中国—当代 Ⅳ. ①I247. 8

图字 01-2013-5844

中国版本图书馆 CIP 数据核字（2013）第 139329 号

书　　名：下一个男人不一定不好

著　　者：徐瑞莲

责任编辑：魏光洁

出版发行：中国社会出版社　**邮政编码：**100032

通联方法：北京市西城区二龙路甲 33 号新龙大厦

电　话：编辑部：（010）66026807　（010）66061723

邮购部：（010）66081078

销售部：（010）66080300　（010）66085300

（010）66083600

传　真：（010）66051713　（010）66080880

网　　址：www. shcbs. com. cn

经　　销：各地新华书店

印刷装订：中国电影出版社印刷厂

开　　本：155mm×225mm　1/16

印　　张：11

字　　数：100 千字

版　　次：2013 年 9 月第 1 版

印　　次：2013 年 9 月第 1 次印刷

定　　价：25. 00 元

目录 CONTENTS

辑九　能够不爱了以后

作者序
懂得放手

与其说这是一本关于爱情的书，不如说它是在颠覆爱情的观念。

构想来自一个沉溺于暗恋的朋友身上，在她身上仿佛可以看到另一种爱情存在的样貌；不是分享、没有感情上的相互交流，其中蕴含的不快乐具有无限制的潜伏期，严重一点还会感染给其他人。

这是一种孤寂的爱、苦涩的情感，近乎自虐性质的，即使她口口声声辩白，但身旁的朋友却看得再明白不过。劝也劝过了，甚至不惜背负了友谊的罪名，和她吵了一架，也是枉然。一眨眼，她又跑去厮缠了，怎么办?

不忍心看着朋友再痛苦下去，不如就用文字相劝吧，话说过就忘，白纸黑字倒也可以反复咀嚼。

于是想借由这样一本书，告诉所有被爱所苦的人，如何放手，放掉那个不属于你的人，离开始终伤你心的“最爱”。

人生有许多事不是我们能掌控的，尤其是捉摸不定的爱情。有人在情海中摔得鼻青脸肿，转而把全副心思放在工作上，视爱情为毒药；有人陷进了不正常的关系而终日抑郁。如此消极的态度戕害我们的身心，一步步吞蚀了原本快乐理想的人生。

爱人如果是那么苦的话，就失去真爱的意义了。爱上不该爱的人，引起第三者或更多人一起卷进这场旋涡，包括你亲爱的家人、朋友都承受着这般负担，你还怎能置身事外，只为眼前短暂的幸福，却拖更多人下水。

何不掉头去寻觅能使你快乐的事？

我们都明白爱情只是人生的一部分，想想无忧无虑，不知爱情愁滋味时的我们，曾是如此地快活呀！没什么事情不能重新开始的，为什么要让自己的执迷剥夺了拥有快乐的权利。

我们可以不懂爱情，却不能在幸福来敲门时，充耳不闻。如何勇敢地放掉错误的爱情、留住美好的记忆，同时真实面对自己，随时准备好迎接真正的幸福，才是身为现代人该学习的新课题。

It's all for your happiness.
xxx

辑一

我为何被吸引

我们有时不免会对那些和自己完全不同的人产生浪漫的幻想，但仔细想想，褪去了外表的包装，那人真有那么好吗？

车　　友

小楚有个足以放入惊心动魄爱情小说中的名字，但不幸的，她却有着相反的个性，经常像男孩子一样疯疯癫癫，长着一副就算见过三次面也仍容易从人群中错过的长相。不过她的人缘却好极了！无论男女都乐于和她做朋友，尤其是她的豪爽个性，更引来一群以哥们儿相称的男性友人。

虽然接触男性的机会比一般女孩来得多，按理说恋爱的机会应该很多，但她却始终无法逃离一向的致命伤——总会被好看的外表吸引。

殊不知那些好看的东西，每个人看了都会想要，更何况是人呢！

尚志就是这么无意地闯入她的心坎。

三年前她因为买车而结识了一群车友，尚志便是其中之一。他俊美白皙的脸孔，良好的教养以及来自富有家庭的背景，自是许多女孩子心目中的白马王子。小楚当然不例外，第一眼便被他深深吸引住。

“她是女孩子，让让她吧！”每当队友喜欢糗她这个车队中唯一的女孩时，他总会体贴地站出来说。

“嗨！我们要到金山玩，你也一起来吧！”他总在别人忘记找她时想到她。

“我来帮你停车吧！”在山路的弯道，当小楚困于不纯熟的开车技巧而进退两难时，是他的帮助使她不至于脱队，成为大伙儿的“拖油瓶”。

他的细心令她心旌荡漾，越来越期盼每星期车友的固定聚会。

每当一群人坐在一起时，她只想往他在的地方钻。“靠近一点儿，再靠近一点儿……”这句广告台词明明白白地描写出她的心意。

对他的爱意也随着这一点一点的接近，而一寸一寸地加深。

在一次车队的集体出游中，她意外地发生了一场车祸，人是无恙，但车几乎毁了一半，无法行驶。尚志体贴地让她坐进他的车内，并不断讲些笑话以安抚因为惊吓而哭泣不止的小楚，令小楚深深感动，同时小楚对尚志的爱也与日俱增。

这样的痴迷在看到尚志带着那个娇美秀气的女子出现在车队中时，如江海般地涨到了高点，妒火几乎要烧毁她。这时，她才意识到自己对他的爱意已经到了无法挽回的地步。

从尚志口中，她知道尚志和“她”交往了七年，感情十分稳定。

即使知道这样的消息，她依然无法浇灭对他的情火，心里感叹：

“为什么这样好的男人不是她的？”

越是得不到的东西就越发叫人向往。

她也尝试过不去见到他，以淡化心中的折磨，但她的生活重心几乎已和这些车友们息息相关了，她舍不得放弃那些可爱的伙伴，以及一同经历过的美好记忆。如果要疏远尚志，就等于要失去这一群好友，那是她办不到的。但是每每见到尚志，却不断刺痛她的心。取与舍令她两难。

情/伤/诊/疗/小/站

与其逃，不如转移注意力

朋友是不论我们成功或失败，都在旁边与我们同在的人，他们可以分享我们所有的喜怒哀乐，分享所有的心事；而这些却非情人所能办到的。认清爱情的本质，它有时只是一连串的蒙骗与假象，包括外貌。

观看那些赚人热泪的爱情小说和电视连续剧，大多是俊男美女的组合。但是他们的性格却存在于每一个平凡人的身上。

人有时也不免去幻想那些与我们完全不相同的人，但是仔细想想，褪去了外表的包装，那人真有那么好吗？

也许，你的回答是yes，对方的外表与内在一样优美，堪称完美的情人。但是别忘了，上帝造人都有其独特性，当我们在寻觅另一半时，不是要找寻最完美的人，而是要找寻最适合的人。也许他的性格特点恰恰弥补了你的不足，这才是你最完美的情人。

别去相信逃避会使你更好过，一旦你失去了那一群共同成长的友人，反而会令你更加寂寞与失落，变得更不幸。不妨改变一下观念，想想反正自己也不是他的女朋友，却还得到他的关心与照顾，另外自己还拥有一群朋友；更棒的是，你还是自由之身，可以有更多的选择机会，比起他的女朋友，你不是更幸运吗？

如果你觉得他的个性很好，那就记取，也许有一天你会发现和他有着类似个性，而你也可以努力的对象，到时再去行动吧。

除了这些观念上的改变，还有一点是你现在马上就可以去做的，那就是从他身旁的位置上离开，当他要主动帮你时，试着去请求其他人的帮助，也许别人只是动作没他快而已。试着去多发觉其他朋友身上的优点，不但可以转移注意力，甚至还可能会有“新发现”也不一定哦！

死党的男友

宜芬和沛沛从小认识到今，是十年的知己好友。

学生时代，她们是“焦不离孟、孟不离焦”的亲密伙伴，只要空闲、假日期间，都会黏在一起。十年来，他们仿佛有一辈子都说不完的话似的。

“哟，你们是不是姊妹呀!”不认识的人总会这样问。

她们俩不仅神态像，说话像，连笑起来的样子都像，她们常自嘲两人像是上帝用同一块泥土捏出来的。

一直到大学，沛沛因为考上了台北的学校，远离台中的家乡，两人才较少见面。不过，只要沛沛回台中，一定会找上宜芬腻在一起。

这情况一直到大四，快毕业了，每人都为将来的打算而忙碌着，两人也都是因此才稍稍疏远。

宜芬已足足有四个月没见到沛沛了。

好不容易这天是星期六，沛沛联络上宜芬，并约好宜芬来车站接她，说有惊喜想告诉她。

宜芬也有好多话想向她倾诉呢！

这天终于来到。

宜芬提早半个钟头到达车站，带来了她特地为欢迎沛沛而烤了一整天的派，她伸长了脖子，盼呀盼。

火车晚点20分钟。

当火车一进站，宜芬立刻从座位上站起来，急急忙忙要冲到出口处；而几乎不约而同的，在她前座也有一个高大的身影往后一跨步。

“砰”地两人撞在一起，宜芬手中的派应声落地，碎成一地惨不忍睹的“尸块”。

“啊……”

宜芬见状，急得要哭了出来。

“对不起……我不是故意的，我……”

她立刻转移了注意力，对着那个理着平头的愣小子，大发雷霆。

宜芬从来没有那么生气过。那是为沛沛烹调的心血，而这人竟……一句对不起就够了吗？

宜芬正骂得全身激动，沛沛不知何时已跑来候车室。

“宜芬——”

依旧的大嗓门，不在乎众人的侧目，她惊喜地放肆喊道。

“沛……”宜芬见到她，感动得说不出话来。

“文祥！你怎么也在这？”沛沛展现着更开心的笑靥。

奇怪，她奔来的方向不是朝她，而是对面那个鲁莽的男子。

沛沛抱住他又叫又跳，兴奋得几乎忘了她的存在。宜芬睁大了眼，傻傻地一动也不动，骤然一阵失落感。

“我早到了！”那男子深情款款地抚着她的头，同时不安地瞄了宜芬一眼。

没想到天底下的事竟这么巧。

沛沛终于再次注意到她。

“怎么？你们认识？”

“不！是我不小心撞到了她，地上的派……”男子表情愧疚，略显不安地看着宜芬，又看看地上。

沛沛看了一眼地下的残渣，轻轻“哦”了一声。

宜芬用几近哭泣的沙哑语调说：“这本来是我亲自做来送你的……”

“没关系！”沛沛心情太好了，以致没去留意宜芬的沮丧，一把勾住了她的手臂，另一手则勾住那男子的，大方地向她介绍：“来！我帮你介绍，这是我最近交的男朋友卜文祥。文祥，这是我常向你提到的好友宜芬。”

接着沛沛便夹在两人中间一蹦一跳，欢喜地走出车站。

然而，宜芬的心却像那片碎成一地的苹果派，蛮不是滋味的。

这就是沛沛口中的“惊喜”。

这个假期，沛沛无论到哪儿都带着文祥，宜芬觉得自己活像个电灯泡。

而文祥则因为对撞到她心怀歉意，反倒对宜芬格外体贴，关心她饿了没、累了没。这份细心，渐渐让宜芬对他的印象有所改观。

“咦？宜芬呢？她没跟上来？”

文祥总是在沛沛拉着他的手聊得忘我时，回头注意落后他们的宜芬。

就这短短的几天的印象，宜芬打从心底羡慕起沛沛有这么一个体贴的男友。

春节很快就过去了。

这次的假期，不但没拉近宜芬和沛沛之间渐行渐远的情谊，反而更淡了。

沛沛几乎把重心放在了男友身上，使得宜芬完全没机会和她说句心里话。

春去秋来，一年很快就过去了。

这一年的变化真是出人意料。

宜芬经教授推荐进入台北某间大企业任职，反而是沛沛考上教职被分到南部一家小学校。

宜芬上了台北之后，第一件惊喜便是发现文祥竟然和她进入同一公司，同个部门，而且前后只差十天。

因为沛沛的关系，两人比陌生的同事更多了份亲切感，不经意的，便成了互吐苦水、交换工作上意见的伙伴。

宜芬越是和文祥交谈，就越觉得彼此的默契。

原来个性相投的人，连交的朋友也会投缘，就连对异性的眼光也都一致……

这算是幸还是不幸呢？

和女友沛沛的两地相隔，使得文祥觉得女友的这个知己仿佛就像是沛沛的影子。

宜芬并不了解他对沛沛的思念，在文祥的心中，宜芬不是沛沛，和沛沛共有的那段美好记忆是宜芬无法取代的。

但宜芬却不知道自己不过是沛沛的影子而已。日久生情，她发现自己对文祥的感情已不再仅止于友谊。

对沛沛，她突然有种“一较长短”的心态。她想要文祥成为自己的男友，而且是那么强烈……

就在那天中午，宜芬向文祥表白了心意。

猜，结果如何？

文祥坚定地拒绝了她，他没料到竟然会和女友的好友发展成这样的情况，他从来没有想过……

月底，文祥申请调职，不到三个月，宜芬从家乡得知了他们订婚的消息，但她连婚礼都不敢去参加。

情/伤/诊/疗/小/站

细心观察，认清事实

看完了这个故事，读者可能会为女主角宜芬一掬同情之泪。

好可怜哦！同时失去了知己和异性好友。

其实她遭遇的只不过是一些人遇到的，也许是你、我也曾遇过的“陷阱”——是爱情迷惑了人们的理智。

也许有许多人都有相同的情况，但结局不一。然而，爱上了好友的男友，就注定了某一方的严重损失，或者全盘皆输。

其实，如果能细心观察，宜芬一定可以分析出她在文祥心中的地位。倘若文祥对宜芬有心，一定会把沛沛的问题提出来诚心沟通。但始终文祥都没这么做，而只是将宜芬看成沛沛的闺蜜、自己的朋友。

而宜芬也可以从沛沛那里打听出一些端倪。

有时，爱情竞争也是同性相较的一种心理。

如果宜芬可以冷静些，最好的方式就是去找沛沛谈，她可以从沛沛那里多认清一些事实！为什么他们会相恋？她也许可以看出，其实她和沛沛也有不同之处，这是沛沛之所以会和文祥在一起的原因。

没有完全相同的两个人，即使是双胞胎。

从了解别人下手，有时它会帮助你看清实际状况。

接下来要做的便简单多了。慢慢疏远一阵子和对方的距离，让自己的情绪淡化下来。

如果有必要和文祥单独相处，就找些同事、朋友来，分散自己在对方身上的注意力。

慢慢地，她将会发现，不爱反而会让自己赢得更多。

迷人的上司

意欢进入一家颇有名气的建筑公司担任特别助理的工作。

刚开始，她只约略知道她的老板建生在业界是数一数二的顶尖设计人才。

能进这家公司，不少朋友都投以钦羡的目光。但是她们哪知，这个拥有暧昧不明头衔的“特助”工作，是上至安排老板的行程计划，下到接电话都得一肩挑的工作。

刚来三个月，意欢连和老板说上三句话的机会都没有，因为永远有做不完的事在后头追她。而她的老板似乎比她更忙，在公司总是“神龙见首不见尾”。

在某个礼拜六，都已是夜幕低垂，青年男女忙着约会的时刻，意欢还留在公司加班，整理建设案的资料图稿。

不知为何，意欢那个连上班时间都甚少在公司露脸的老板建生竟匆匆忙忙地赶了回来。经过靠门口第一个位置上的意欢时，还特意瞄了她一眼，旋即进入办公室。

意欢看到话机上的信号灯亮了起来，知道他在打电话。

不到三分钟，老板出来，少了先前的慌忙，多了份悠闲，脸上淡淡的看不出丝毫情绪。他走过来问：“你经常忙到这么晚吗?”他微皱眉，充满研究精神，好奇地盯着她。

“啊……”向来孤冷的上司突然主动关心，让意欢一下子反应不过来，半天才答：“是……不是……不……不一定……”

心里直恼自己的失态。

不料，老板只是专注地看着她，好像被她的反应激起了兴趣，眼中满是笑意，和蔼地丢来一句：

“你可以下班了……”

“可是……我还没忙完……”

老板停了一下，歪着头思索着什么。

“如果你真要加班的话，不如帮我把这两张票看完，也算是一种加班。”他拿出两张票丢在意欢桌上。

是意欢最喜欢的芭蕾舞剧，她眼睛为之一亮。但接下来在看到演出时刻时，眼中的光彩就又消失了。

“再过半个小时就要开场了，我恐怕一时找不到人……”意欢老实讲。

“那你可以邀请我啊!”建生歪头扬扬嘴角，幽默一笑。

这一刻，意欢觉得眼前这个人不像高高在上的顶头上司，反而像个亲切的朋友。

这样的“绝招”，叫她无从拒绝。

于是，那晚她第一次认识了那个“老板”表象后的建生。他的幽默、风趣，和平常上班时的“武装”有很大的差别。

更令她惊讶的是，建生对艺术的热衷。男生爱看芭蕾舞剧的很少，他不单只是欣赏，连舞码、舞团历史他都很有研究。和意欢有着相同的嗜好。

谈着谈着，意欢不觉心醉了，她醉心于他的丰富的肢体表情，深度的内在……

她相信，是因为他对文学艺术的喜好，并将其融入设计作品中，才能让他在业界如此突出，有成就！

那天之后，意欢开始注意老板设计过的作品，赞叹于他的美学素养。于是，更加崇拜起来。

以前，她是“必须”加班，到后来却变成了“刻意”加班，为的是等候再一次机会的来临。

她的努力建生看在眼里，自然对她特别照顾。

但这在意欢的心底却引发了美丽的联想，连接到老板打来的电话时，心头都难抵一阵小鹿乱撞。

经过两个月，在意欢生日当天，她在众多礼物中惊喜地发现建生送的一本文学名著：《白鲸记》。

从来没有人会送她这么贴心的生日礼物，意欢感动极了。

于是这本书便成了她放在枕边，每天睡前必看的礼物。

对她而言，那比情人们的烛光晚餐还要浪漫。

但即使如此，她所等待的“机会”却未曾再度降临。

几个月之后，公司内部企划经理离职，建生有意将工作认真的意欢调任该职，负责对外的一些文宣及案件的联络工作。

于是意欢终于得以正式脱离那有如打杂一般的特别助理头衔，无论是职务还是薪水都比以前更优厚。这让她打从心底深深感念老板的对她的关照。

在老板叫她进办公室正式通知她时，他绕过办公桌在她肩上信赖地轻轻一拍。她几乎紧张得透不过气来，对建生的情意正在心底炽热地燃烧。

最后，她连自己是怎么走出办公室的都不晓得。

企划经理的职务让她和建生的距离又拉近了一步，有时必须陪伴老板在大大小小的公开场合亮相，在他不能出席时则必须代替他出席。但在这中间却又引发了更大的隐忧。

平日甚少看娱乐版的意欢，慢慢发觉建生的名字常和一些艺人、名女人连在一起，而老板在酒会场所与那些女人的亲昵动作则证实传言不假。

于是嫉妒、愤恨便经常在意欢的心底交织，几度让她不想到公司去面对这个令她痛苦的人。但只要一听到老板的来电或是看到他的人，就又让她欣喜得忘了一切。

她知道自己不该如此痴恋下去，但又舍不得放弃这份优越的工作。这让她痛苦不已。

情/伤/诊/疗/小/站

把感情转化成力争上游的动力

我们站在局外人的立场，必定会劝意欢保留住那份工作。

这是理智的做法。

但要如何铲除非理性的部分呢？它甚至比工作上的成就还更难达成。

一个具有相同兴趣、品位及嗜好的异性，是很容易以极快速度占领我们的心房。更何况对方又是一个已被社会认可的杰出人物，无论谈吐、做事的魄力都很容易让女性倾心。

这些杰出的男人，他所吸引的绝非只是意欢一个人，因为这是人类的竞争法则，人们总是会追逐那些最佳的、最难到手的目标。如果建生是一个普通身份的人——工友或小弟——即使拥有和建生一样的深度，相信也是不会有人抢着要的。

意欢最重要的是要评估自己，一个刚在事业上起步的人，相信一定有很多事比注意建生的动静更值得去做的吧！

除了专心在工作上，也可以与公司的其他同事积极建立起情谊，找寻相同嗜好的朋友。另外，利用职务上必须对外接触的机会，只要多用点心，将能发现还有更多人可以让你学习。积极拓展社交圈，搞不好哪天真命天子就出现了。

化阻力为助力，当意欢懂得把自己培养好，又“广结善缘”时，反而可能使自己成为炙手可热、异性竞相追逐的“良品”。

就暂且把老板给你带来的刺激，转化成力争上游的动力吧！

相信光明的前景就等着你呢！

像风的男人

提着大包小包宠物用品的美代匆匆横越马路，却在快抵达对街时被石头绊了一跤，摔在人行道上。

此时已是深夜十一点，人烟稀少，幸好她的狼狈相没有成为注目的焦点。

来自脚板的疼痛令她一时之间爬不起来，索性就坐在人行红砖道上，低头一瞧。鲜红的血正从大拇趾指甲渗出，染红了趾间。

惊恐、无助的感觉如同血一般地渗透，从四面八方一点一滴地钻进她全身的毛孔。她不禁痛哭起来。

亚力，此刻你在哪里？

有所期盼的心，比一个人的孤独还要来得椎心刺骨。

亚力总是这样，在她最需要的时候，他都不在身边。

他就像空气中飘浮的五彩泡沫一样，不经意地给她带来惊喜，等她想捕捉时又瞬间消失。

美代永远不会忘记第一次见到亚力时的情形，可以说第一眼就对他留下深刻的印象。

亚力不是那种俊美型的男人，但很风趣，总能敏锐地察觉人的心意，而偶尔流露出的孩子气则很能激发女人的母性。

他和美代投缘，而彼此又属于两种个性：亚力爱成群结党，美代爱安静。

但一开始，亚力却愿意花上一个晚上的时间和她在电话里聊天。美代所有的不如意，他都会为她化解，这令美代称心极了。

在一次校外的舞会中，亚力甚至还为了一个男孩在跳舞时想占美代的便宜，而演出全武行。一度闹得全校皆知。

但她和亚力却没有因此而成为正式的男女朋友，反而经常可以在校园里看到亚力和另一个长发飘飘、行为做作的女孩走在一起的背影。

她记得，亚力曾轻蔑地表示那女孩是如何地使用手段倒追他。

那时，她还曾经为自己和这么一个备受女孩注意的亚力走得那么近而有一股优越感。

转眼间，怎么自己一下就屈居弱势了。

“她对我太好了，帮我到图书馆准备了许多资料，我总不能不近人情吧！”

这是亚力给她的回答。

她能怎样，像女朋友似的打翻醋坛子吗？他们好是好，但亚力从未承认过她是他的女朋友。

不到三个月，美代从共同认识的朋友口中得知他们分手了。

亚力又开始频繁地出现在他们的朋友圈里。逗美代开心，送她别具创意的首饰，和她一块儿挑剔着过街的女子。

但亚力从不挑剔她。在亚力口中，总是让她觉得自己是他眼中最好、最珍贵的。亚力给了她自信，她以有亚力这样的朋友为傲。

亚力从未明白表示过什么，但朋友都可以看出她与亚力之间那暧昧不明的情愫。

美代不急，但可真急死她身边的朋友。好友唐棋就常叨叨不停地在她耳边念叨："去告诉他嘛！问他呀！老是这样挂在心上，只会折磨自己。"

的确，美代的内心忍受着煎熬，她要的不只是朋友。

终于，她选择了在他们认识八个月后的那个圣诞节告诉亚力她的心意。

然而，得到的答案却令她大出意外。

"我觉得我们不会合适的。"他冷静得有如一台电脑般地"输出"信息。末了还加了一句："我觉得你该接受大明，他比我更适合你。"

像被人从背后捅了一刀，美代有着无以言喻的难堪和失望。

那天说完了，亚力便掉头离开舞会场所，一整晚都没再回来。

美代与他失去了联络。他不再来电，仿佛泡沫般消失在空气中。为此，美代伤心了好一阵子。

四个月后，亚力又出现了，他来到她宿舍前，告诉她即将入伍的消息。

那晚，美代和亚力发生了关系。

他以为亚力回头了，其实不然。

亚力依旧有很长一段时间都未再与她见面，有时久得让她都快忘了有他这个人的存在。即使退伍后，他依然故我。

但每回见到亚力，却依然令她心跳加速。她知道自己无法克服对他的无尽痴恋。

亚力长久以来带给她的惊喜，已成为她生活中最重要的支柱。

其实，她何尝不想跟一般正常的男女朋友一样，时时陪伴，相互扶持。

然而她却深深地被情网所困，无法挥别过去，也找不到未来。

情/伤/诊/疗/小/站

与其逃避，不如转移注意力

即使时代变迁了，物质文明迅速发展，速食爱情已不再稀奇，然而这类故事却仍旧在我们周遭轮番上演。

虽然年轻一代高喊着："只在乎曾经拥有，不必天长地久……"

但是，在每个单身男女的心中，谁又希望自己得到的只是一份残缺的爱情呢？

亚力在美代心中，就像那颗挂在遥远天边的星星。她越是追求，他就跑得越远。

令人质疑的是，当他们两地相隔，不再如初识时那么往来密切，美代还会相信现在的这个亚力，仍像以前一样适合她吗？

答案也许未必。

这只道破了一个谜思——缺乏自信的迷惘！

美代太相信亚力所制造出来的爱情幻象，她生怕自己在别人面前会是不完美的，以为除了亚力，没有人会再如此重视她。

其实只要看破了这个假象，到头来，美代还真的只是"做梦"而已。

她把亚力想得太完美了！

试想，如果一个人够好、够爱你，为何他要离你远远的，应该巴不得每分每秒都能见到你才是。

再仔细想想，分别的那段日子，他去了哪儿，做了什么？也许在不同的角落里，正有其他几个不同的"美代"也同样在痴痴等着采花的"蜂儿"回来。

无论怎样，亚力不能停留在美代身边，一定有他的理由。

美代要认清事实的方法，就是请他清楚地告诉她"为什么”，如果他不愿意说出来，就别再替他找什么“宅心仁厚”的理由，为自己设定一个理由吧：“因为他多情”“因为他始终认为你不够好”“因为他看不起你”……反正，越残忍越好，那才能置之死地而后生。

而且，相信自己，一定会有个人来爱你、对你好。请建立信心，积极物色下一个好男人吧。

如果，你也和美代有着相同的困扰，那就请你试试看这个方法，也许“蓦然回首，那人正等在灯火阑珊处”！

It's all for your happiness. XXX

辑二

真的非他不可吗

如果委曲求全，要的只是一份残缺的感情，那又何必呢？别等待候鸟的痴情种，如果他已不再眷恋，就放手让他飞吧！

爱情摆渡人

米米一直都很相信男友是很专情的男人。

她的男友世华是双鱼座的，交往了两年，世华的浪漫和深情，经常是米米挂在嘴边，令好友们羡慕不已的话题。

“昨天，他突然带了一束花在窗外淋着雨，也不知淋了多久，直到我发现了他……这呆子。”米米故意嘴硬，心里的爱意却浓得化不开。

“哇！真浪漫耶！”几个女性你推我挤，巴不得知道得更多。

“结果他跟你说了什么？”

“希望我们天天都过情人节。”笑意在脸上化了开来。

“哇，好感人哦！”

这样的对话，没想到半个月后就变了。

他和米米在一个周末夜晚，为了到底是要参加同学的PARTY，还是亲戚的婚礼争吵得厉害。

“你是说我的工作不重要啰！我不必在下班后和同事搞好关系！”米米霸道地说。

米米向来都把姿态摆得很高，无法忍受世华对她说个“不”字。为此，他们已经怄气了好几回。

世华为难极了：“我们家向来都很重视婚丧喜庆的大节，这次是我最亲的堂妹结婚，不去没有道理。”

“哦，你说我不讲道理?!”米米逮住他的“小辫子”。

“不，我不是这个意思。米米，你为我想一想好不好?”

“要我为你想？说得好像我很自私一样。那你呢！有没有替我想过!”

对于米米的胡闹，世华甩开了手，一点办法都没有。

“如果你那么不满意我，那我们分手好了！你去找别人呀!”

最后就以米米拂袖而去作为结束。

米米只是一时气昏头，以为只要闹闹，按往例，世华一定会回头来找她才对。

等了一天、两天、三天，每次家里电话一响，她第一个冲上去接，但是无论公司、家里都没有世华的来电。米米抓狂了，气他故意不给她台阶下。怒气之下，米米便冲动地把世华送她的东西全都打包寄还回去。

不料，这回又是一个礼拜音信全无。

到第二个礼拜，米米才真的慌了，开始找朋友哭诉，打电话给她认识的每个世华的朋友。

从世华朋友口中那吞吞吐吐的态度，米米感觉这下真的惨了，看来世华这次是认真的。好强的米米心都乱了，可是为了该不该向他先低头，又撑了两个礼拜。

在这段时间里，她几乎吃不下也睡不着，整个人瘦了一大圈。

直到她得知了这一个月以来第一个有关世华的消息。

“米米，我上个礼拜和男朋友去看电影，看到世华和一个女的手牵手，好像很好的样子哦。”好友美美说。

这一听，米米整个人都崩溃了，号啕大哭起来。

她只是随口说说，没想到世华真的丢下她，跑去找别的女人了！米米越想越不甘心，当天一早就到世华家楼下等他，约他谈判。

这回米米的气焰低了许多，低声求世华回头。从世华的眼神中可以看出，他还是爱着她的，毕竟两人相处了两年多，只是世华受不了她的骄横和霸道。米米保证她会改，因为她无法忍受失去世华的日子。

于是，两人又在一起了。

只是世华已不再像以往那样百分之百地用心对她，有时她甚至会被世华那心不在焉的模样给冷落，而且发现他会经常躲到一旁去接电话，推说临时有事而爽约的频率也越来越多，这不得不令米米心中起疑。

莫非他还和“那女人”在一起。

有一天，米米终于忍不住质问他。

世华为难好久，终于在不想欺骗她的心态下，供出了实情。和米米猜的一样。

当时，米米情绪激动地砸坏了世华好几样摆饰。世华心疼极了，安慰着她：“给我一点时间好吗？”

“多久？”米米满脸泪痕地问。

但是她心里清楚，即使得到答案也不一定是真的。她竟然沦落到要和另一个女人分享男友的爱。

是她搞砸了，一手将自己心爱的男人推向别的女人身边。

但这次求他回头的是她，她也体会过失去的日子是多么痛苦。她放不开，却又无能为力。

于是只能让情况继续恶化下去。

情/伤/诊/疗/小/站

从错误中吸取教训，别再流连

女人是情绪化的动物，我们经常会在冲动时说出负气的话或将来可能会后悔的决定。以为“一哭、二闹、三上吊”是对付男人的最好方法。

殊不知闹多了，男人也会厌烦，尤其是当感情冷却时，或是在为长远的路做打算时。男性通常就理智多了，很少会看到男性在吵吵闹闹中做出决定的，他们多半只是拂袖而去，暂时逃避问题，而这往往会令闹得不可开交的女性更加急躁，硬要把对方逼得没有退路为止。

你知道那些做困兽之斗的野兽最后会怎么样吗？反过来咬你一口。

这一咬往往是最狠、最伤人的。最后，失算的还是女人。

像米米以为可以一辈子骑在世华头上，以为世华对她的爱可以纵容她一切的胡闹。不幸的是，世华遇到了一个比她更为温柔体贴，拥有她所没有的优点的人，他或许不是那样轻易变心的人，但，狗急，也会跳墙。

和米米复合后，世华依然放不下她，可见那后来居上者在世华心目中也有一定的分量。

米米却犯了个错误，该要求时不要求，这才是她该要坚持的，而不仅是求世华回头而已。

如果你委曲求全，要的只是一个残破不全的感情，那又何必呢？唯有落得更伤心而已。

不要觉得不甘心，因为这是自己当初做出的决定，不是别人。要有勇气去接受已发生的事实，承担决策的后果。

也许这是错误的决策。

但也不啻是一个教训。从错误中吸取教训，让你以后不会再犯同样的错。不也是人生的一种成长吗？

别再流连于过去，陷于矛盾及痛苦中了。

爱情采蜜者

吴琪和强强已经交往了三年多。

这期间历经了分分合合，一路风雨不断，但吴琪却依然对他执着如一。

“你在跟谁说话？”

“以前的女友安琪拉。”

“最近老是找不到你，你在忙什么？”

这些对话经常出现在他们的交谈中。

强强对女人很有一套，那些已经分手的女孩，据说后来都还会对他念念不忘，回来找他。强强也从不避讳在吴琪面前提到她们，甚至还私底下为那些个妻妾都取了别号：N_1、N_2、N_3、N_4、N_5……N_N。

然而这些刺伤却敌不过强强的一句：“还是你最了解我，她们之所以无法让我安定下来，就是没有你的那颗心。”

就因为他的这一句话，吴琪纵容他在她的生活中来来去去，再大的争执也总是吴琪让步，因为她深爱着他，也执着相信未来他们终究会在一起。

她所等待的那天终于在圣诞夜来临了。

吴琪依然是独守空闺等待强强的电话，虽然明知自己不知是排到第几名，但等待已成了她在特别日子里唯一能做的。

晚上一点时，她几乎是已经绝望了！正准备上床睡觉……“铃……”电话打进来了，是强强。

这令她大喜过望，连音调都显得很不平稳。

“强强，你在哪里？”她紧抓住电话筒。

“琪琪……可不可以……过来一下。”

他的语气颓丧，不像平常的声音。

“好。”她飞也似的冲出门，连衣服都来不及换，心脏怦怦地跳。

多久了，她都快忘了和他一起过节的滋味。

在一家热闹的 PUB 外，强强斜倚在他的摩托车前。

“走吧！”在吴琪来到面前时，他说。

“走？我们不进去？”

强强没有回答，发动了车子。

吴琪也不敢再多问。

强强骑了约莫半个小时，才把车停在一处无人的路旁。

像广告片中浪漫的剧情，他拉住了吴琪的手，细心帮她拂开遮在脸庞的短发。

虽然缺了个戒指，但却得了一个吻。

“真高兴这样的夜里有你陪伴。”

“你那些女友呢？”她酸酸地试探。

“只要有你就够了！”他停了一下，“琪，我好想定下来。”

吴琪高兴得想尖叫。她终于等到了。

她以为这是一种承诺。

翌日醒来，她照例找不到他。

过几天，她接到他的电话，用兴奋不已的口气对她说：

“琪，你知道吗？圣诞节跟我吵翻的KIKI，我们又复合了，我们正在垦丁……喂！喂！琪……你听得到吗……”

情/伤/诊/疗/小/站

让自己忙碌，别再痴恋

有人说真爱是值得等待的。因此造成很多人把这拿来当借口。

问题是：他真的值得等吗？

是什么隔离了你和他？

是距离、事业还是家庭？

你的答案或许就像强强和吴琪之间——不过是众多的女人。

聪明的强强，对女人很有办法，对吴琪当然也不例外，两性共处，必有一强一弱，那个强势的一方，就成了操纵者。

强强永远都懂得如何操控吴琪的心，不肯轻许承诺。

标准的先找好小老婆再找大的，说穿了，就是“骑驴找马”的意思。

所以，你真的以为自己是他心目中最重要的吗？

只怕他遇到条件稍好的人，早已不知和情人跑到哪儿去优哉了，只有你还痴痴地等，盼他有回头的一天。

所以，为什么要封闭自己呢？

对付强强这样的男人最好的方法就是让自己忙碌。找不到朋友，自己去逛街又何妨？不喜欢和自己没兴趣的人出去？那就多约一些人，也许你会意外地从对方的朋友中遇到喜欢的。说来可能现实了点，但很多时候，朋友圈不就是这么一个认识一个而来的。

强强找不到吴琪自然会紧张，如果不，那吴琪不正好可以摆脱。

别急于去见他，只在电话中跟他讨论自己看上眼的对象……反正就是多谈点别的男人的事，以其人之道反制其人；日子久了，他自然就会感到无趣，一直到他不再来找你。

到时候，你可能早就有了新的生活，而且你会发现过得比以前更好。

爱情候鸟

她的爱总是随着那个爱流浪的人浪迹天涯，有时一连两三个月没有消息。

当玉玲接到他从世界某个角落打来电话时，他解释说自己是到了非洲某个没有电话的小村落。

他能记得她，还好。

一次又一次的，她总是被这个念头说服。但玉玲的心却犹如活在水深火热中。

她和杰生初识在某次自助旅行的途中。玉玲和另外一个伙伴迷了路，幸好遇到了正在那里旅游的摄影师杰生。有了他的指引，玉玲她们脱了困。之后，在那里的一个半月，杰生便义务地担任起向导的职务。

异国浪漫美丽的风光，加速催化了两个有意男女的情愫。但随着回国时刻的即将到来，玉玲心中有一份难舍。

短短的相处时间，即使“郎有情，妹有意”，但也没人愿意轻许承诺。

就这样，玉玲以为这段情就将因距离而消逝。

就在回国的第三个月，她在一个摄影展又巧遇了杰生。那个摄影展正是他和几个朋友合开的。

当她见到自己无意间被摄下来的照片被展示出来时，惊喜地轻呼出声。

杰生只是在一旁露出开朗、迷人的笑容。

她知道他是把她放在心里的。

这次重逢，奠定了两人的爱情根基。

“一旦我爱上一个人，就永远不会轻言放弃。所以我事前一定会观察很久，也希望我们的感情可以经历时间的考验。”

他是如此透彻地表白自己的心意。

玉玲情不自禁地被他的才华横溢及对事物的执着所吸引。

“你会发现我就是你要的那种女孩。”

她也为他轻许承诺。

但杰生并未为她停留太久。两个月后，他又飞往另一个陌生的国度。

两人的感情就只能靠那偶尔往返的薄薄明信片。

而玉玲则用思念巩固这段聚少离多的爱，因为沉重的家庭重担使她无法随他四处漂泊。

“这怎能算男女朋友呢！”“别傻了，你们不可能有结果的。”

朋友都笑玉玲傻。这一蹉跎，玉玲已过了适婚年龄，依旧痴痴地等待。一年盼他一次的回国相聚。

直到他捎来一封发自拉斯韦加斯的结婚喜帖。

情/伤/诊/疗/小/站

强硬表态，别当冤大头

时代不同了，以往长辈们所持的“嫁鸡随鸡，嫁狗随狗”的论调已被现代女性的“做自己”“追求自己所爱”“只要我喜欢有什么不可以”所颠覆。

但真的扪心自问，女人还当真只要“曾经拥有，不在乎天长地久”吗？

爱的需索永远不嫌多，当你拥有了对方一小时，就会渴望二十四小时；拥有了一半的爱，就会想得到全部。爱情是一种自私的情绪，当投入之后，就不容许有任何一粒沙子。所以，你渴望的只是部分的爱情吗？

一个飞来飞去，像只候鸟般的爱人，你不可能参与他生活的全部，更何况是他感情的所有。在不见你的大半时间，他的感情又寄托在哪里？

感情本来就是需要两人共同经营的，婚姻也是。光想没用。有时为了让一段情感有结果，就必须牺牲一方，那就看是谁了。

别当等待候鸟的“冤大头”。强硬的表态，如果对方真的爱你，他就不会只是带着你的照片到处跑，他会飞回最眷恋的巢穴。

如果不是，那就放手让他飞吧！

即使是地上跑的鸭嘴兽，也是蛮可爱的，至少你摸得着、抓得到。

辑三

你可以选择被爱

人一旦掉进感情的旋涡，鲜少能保持理性而不被激流伤害。面对情感，试着多爱自己一点，被爱总比爱人幸福。

索爱的女人

在幽暗、震耳音乐、人声嘈杂的 PUB 里，一个个紧挨在吧台边，和酒保有一搭没一搭，眼神却像猎人般四下搜寻的年轻男女们，摆明了就是来此消遣的。

顶着一头出自名店细心修剪过的娃娃头，身穿挖空的黑色露背装，小可正用她那笑起来有个迷人酒窝的甜蜜脸庞诱惑着男人的目光。

不久后，她挽着一个打扮前卫、时髦的帅哥离开了……

清晨醒来，小可按例又不见了那男人的踪影。

“为什么那些男人都那么坏，连醒来时的一个甜蜜的吻也不留……”

小可充满沮丧地向好友皮皮哭诉。

皮皮大概是唯一一个会和她保持距离，不占她便宜的异性好友。他对小可的了解，有时连小可自己也自叹弗如呢！

“你太快和别人上床了。”

“你怎么知道？”小可愣了一下。

“哎哟！你哦！说了几百次都不听！”他点点她的额头，“清醒吧！大小姐。”

“人家只想找个人来爱嘛。”小可发出哀怨的一声长叹。

是啊！她以为这样又可以拴住一个人的心。

小可的想法有时未免太天真了。

“对了！皮皮，你为什么不交女朋友。”没有爱会死掉的小可，突然好奇地问道。

“姑娘！我是很挑的。”皮皮帮她把撒落一地的凌乱衣服收拾起来。

很挑？那皮皮一定是很专情的人啰！这种人一旦爱上别人，一定很难放弃吧！

望着皮皮的背影，小可心中暗想：他是那么细心而体贴，是一个标准好男人的形象。

突然，皮皮一个回头。小可心虚得急忙把目光移开。

“小可，我刚在想……”皮皮太专注于自己的心事，忽略了小可的奇怪反应。

“想什么？”小可垂下头来，心跳得好快。

“这样好了！我有一个刚从美国留学回来的表哥，他人品挺不错的。小可，小可……”他发现她没专心听他说话。

等她一抬头，把皮皮吓了一跳。

“怎么了，你生病了吗？脸红成这样。”

“不，没有，我现在只想静一静，不想交男朋友好吗？”

小可站了起来，躲到浴室。

她这种怪异的举止，倒是让皮皮“丈二和尚摸不着头脑”。

这会儿小可又哪根筋不对了，皮皮想。

在浴室里，小可可是清楚得很。她逃避那种想法，却又不得不承认，她竟然喜欢上了皮皮。

小可真的变了，她变得比平常沉默很多。尤其和皮皮在一起时，更收敛起“八婆”的样子，也不再深夜流连于PUB。更奇特的是，她竟规规矩矩去找了家朝九晚五的公司上班，这和她爱玩、好热闹的个性有很大的不同。

“小可，你变了。”

小可知道皮皮发现了。

“嗯，我想证实自己也可以当个规规矩矩的好女人!”她兴奋地说道。

“你本来就是个好女孩呀!”

“真的?”小可没料到皮皮会这么说，她知道皮皮向来是不会在她面前说谎的。

“你真的这么认为?”她不过是想再听一遍。

“这样好了，为了庆祝你‘改邪归正’，我请你好好去吃一顿大餐。”皮皮颇具诚意。

小可调皮地皱皱小鼻子，“哼”了一声。

“你看！又给人家冠上‘邪恶’的字眼。”

其实，在皮皮心底，她一直都是一样，只不过面对感情时，过于单纯罢了!

吃完饭，小可建议再去喝一杯，因为她心情实在太“High”了。

皮皮是奉陪到底。

在酒精的作用下，小可那张甜美的瓜子脸显得更加醉人了，难怪很多男人都想一亲芳泽。皮皮也是个男人哪！怎能抵挡得了喝醉的小可像只要赖的小花猫般，在他怀中又磨又蹭的撒娇模样。

那晚，皮皮竟也不敌小可的魅力……

第二天，皮皮清醒过来，懊恼自己犯下的错误，不知将来如何去面对小可。没想到身为她的好朋友，竟会成为她众多的可恶男人之一。

他当初也是非常鄙夷那些男人的行为啊……但是，真要他接受小可这样的女孩，他也会犹豫。

因为他对她的事都太清楚了！

“皮，你去哪？”

他要走前，惊醒了睡梦中的小可。

“没，没有，我想回家一趟……一整晚没回去，怕我妈担心。”

这句话怎么这么熟悉，和每个从她身边逃开的男人说的一样。

“再联络。”

又是。

小可不觉懊恼起来。难道她又错了！可是这一次，她是真心的啊！

为什么不能大胆去爱呢？

之后，她就没再接到皮皮的来电，变成她一天到晚用电话追踪皮皮。

而皮皮给她的答案竟是：我们只是朋友。

小可不甘心极了。这次她无论如何无法放手，因为之前她太依赖皮皮这个朋友了，以致即使感情变了也不愿意放手。但这样，却只是惹得皮皮对她更加厌烦。

小可无法接受皮皮已经对她渐行渐远的事实。

情/伤/诊/疗/小/站

以退为进，化主动为被动

不管发生在最初或是不得不如此，有很多女人还是会抱着用“性”来拴住男人的妄想。

小可之所以会一再地受伤，就是因为行为太草率，不够珍爱自己，同时没有把男女之间的互动关系研究好，对男人的心态不够了解。

即使她遇上一个对她稍具好感的男人，也会因为她的行径而吓得拔腿就跑。

感情当然是要经过长期酝酿的，它属于性灵的一部分，一旦成熟了，自然水到渠成，毋庸刻意。

其实小可最需要改变的是态度：把异性当朋友。因为朋友才能慢慢互相了解，知道对方是否是适合的对象，不要采取行动，视对方的态度应变就行了。

感情的发生，必定有一方主动。以退为进，才是高明的妙招，如果一个男人发现自己要花尽很多心思，才能得到对方，自然不敢轻率大意。

这样，两人一旦在一起，往后的日子一定会更加珍惜对方。

所以，小可的第一步，只需化过度主动为“被动”就行了。

这样，就可以意外地发现周遭状况会有出其不意的改变。

拳头下的阴影

马莉声音甜甜美美的，连举手投足都充满优雅的气质，朋友都昵称她为“小柔柔”。

但是，她的内心却不似外表给人感觉的那么柔弱。她言辞犀利、一针见血，有时直率得令人大呼吃不消。但耿直的马莉却不以为然，反而以保有自我的“真性情”为傲。这样的性格和她从小是独生女，备受纵容有关。

从小，马莉的功课就都名列前茅，念的也是国内数一数二的明星学校。一直到读研究生，她周遭所接触到的全是一些温文儒雅、文质彬彬的读书人，但马莉暗地里嫌他们太懦弱，所以一直都没把感情给定下来。

直到研究生二年级的那场圣诞舞会。

她和班上同学去跳舞，这些同学有些带了自己的朋友、亲戚还有朋友的朋友，人多得让她都还来不及辨认谁是谁，就这么浩浩荡荡地进入一家早已挤得寸步难行的夜店。

刚进去还没跳舞，马莉就被推挤、闪躲得一身是汗，快要窒息，心里头很后悔为何要跟着这些人凑什么热闹，早知就留在家里，又凉快又舒服……

突然，脚尖一阵刺痛，不知是被谁踩了一脚，她痛得轻呼一声。

身后出现了一个体贴的声音：

“小姐，坐这吧！”

她蓦然回头，发现一张俊美白皙的脸，深邃眼眸透出冷的味道。顿时，马莉心头一阵小鹿乱撞，也分不清他是不是自己人，便一屁股坐在他为她拉开的椅子上。

坐定后，放眼四周，没有认识的脸孔，令她有些心急。偏偏那个冷面“帅哥”又站在身边不发一语，害她站也不是，坐也不是。

好不容易，灯光暗下来，舞厅的音乐响起，人群纷纷涌入舞池，她才在万头攒动中看到几个熟悉的身影，才感到安心一些。

“你不跳吗？”

两旁的人少了些，对方才对她开口。

“哦，不，我不是很会跳。”她咽了口气，其实是在掩饰。她有点喜欢他站在身旁的感觉，希望和他多聊聊。

“哦。”他轻声应道，目光始终没有离开她身上，并开玩笑地说了一句：“看你穿这样，也不适合狂舞。”

她猛抬头，接触到他那似笑非笑的眼神，心里冒出一股火。

什么嘛！竟敢取笑她。她不过是穿了件白色长裙的洋装，碍着他了吗？

马莉本来要生气地瞪他一眼，不料一接触到他的眼神，却又胆怯地缩了回去。如果不是灯光太暗，铁定会让他看到自己滚烫的双颊，那不就更糗了！

正僵着，耳畔的音乐换成了“轻柔爵士乐”。

他走到她面前，伸出手来，脸上的笑容仿佛可挤出蜜汁来。

“换成这首曲子就适合你跳了！”他说。

马莉怎么拒绝得了呢？

他们几乎是一舞定情。

不过，却发生一段小插曲。

一个不知从哪儿冒出来呆头小子硬要插进来和她跳“热舞”，她认得那个是别系的研究生，就是马莉最讨厌的那种土土呆呆，还装得一副了不得样子的类型。

他才把马莉接过去不到两秒钟，就立刻血溅舞池。

是她的舞伴干的好事。

顿时，舞池里尖叫声不断，早一步上来的舞厅保安也被她的舞伴两三拳给打得落花流水。

“走！”他拉着她的手，穿过人群从后门飞奔而出。

马莉仿佛历经了一场刺激的电影情节，她从未有过如此新鲜的经历，跳脱了她原本刻板的生活，释放了她内心中的狂野因子。

他带她到他家，自那晚之后，他们就在一起了。

马莉虽知道，他们的身份背景悬殊，她的家世不错，父母刻意培养她，而他——阿良，却只是个修车工人，家中兄弟姊妹众多，经济似乎永远也无法满足。但她甘心和他在一起，她崇拜阿良，觉得他利落的身手可以保护她，令她永远不受欺负。

怎料……

不到一年，她开始尝到阿良拳头的滋味。阿良一巴掌打碎她编织的美梦。

惊慌的马莉逃回家，但他却以可怜落魄的姿态日夜地求她，于是，马莉心软了，回了头。

不到两个月，他就又故态复萌，而且还威胁她，如果她要离开他，就会像车厂里的车一样。

他还真的用棍棒将车砸碎。看得马莉心惊肉跳，尖叫哭泣。

最后，她还是离不开他，虽明知他很危险。

两人好的时候，阿良对她倒也不坏，到哪儿都接送，到处游山玩水，彻夜狂欢。但一旦阿良心情不好，或对她有误解时，她身上就经常会青一块、紫一块。

朋友都劝她。

但马莉始终觉得自己已走不出去了。

情/伤/诊/疗/小/站

多爱自己一点

当昔日卿卿我我，为你温柔拂去脸上泪珠，在花前月下轻吻你的脸庞，温暖厚实的手掌温柔地停留在你头上的恋人，如今却成了狂暴攻击你的人，怎不叫人肝肠寸断？

俗话说得好："男人不坏，女人不爱。"

在我们周遭也不断上演着这样的故事。没有一个人会支持自己的朋友留在那种人身边，但"可怜的女人"为何总是离不开呢？

我就有一个朋友，有着相同的问题：

他们合开一个小小的中介公司，一个当业务接单，另一个就专职当个带客看屋的售屋小姐。自从交了这个男朋友之后，我朋友就和同性朋友减少了彼此之间的往来。一年多不见，她突然出现，全身满是伤痕，哭着来找我，说要验伤去告那男的。

不到几天，就又变卦了，不但伤也不去验，而且还再度回到昔日男友的怀抱。

她的理由是：不和他在一起，她的大哥会把她打得更惨。

原来是她家中也有个具有暴力倾向的亲人，令她想向外寻求一个足以保护她的男友。却没想到平息了一波，另一波又起，简直就是个恶性循环。

每次他男朋友喝醉了就会打她出气，把她打跑了，却又再上门苦苦哀求，推说全是酒精惹的祸。三年下来，依然没见他戒过酒。而他只要在清醒后，再施以小惠，就可以再度挽留住她的心。

类似的状况，说穿了只是一句——全怪女人的依赖心。

依赖他给的经济援助，依赖他所塑造的“爱情神话”，依赖他的“保护者”形象。

虽然现代人爱自己永远比爱别人多，但对于这种陷于暴力阴影的女人，我们只能反过来劝道：“多爱自己一点吧！”

试着去想，你会主动把手伸入火堆里烤吗？或没事去撞墙？任何正常人遇到会伤害自己的危险时，都会本能地闪开。那为何非去当枕边人的“沙包”呢？

因为爱他，所以心甘情愿被揍吗？

有个观念很重要，如果一个人不想被伤害，他就不容易被伤害，因为本能会教我们如何逃离危机，除非是自己不想……

只要故事中的女主角想逃离那个伤她的男人，她就能想出各种方法逃离，这就像溺水的人会拼命抓住身边任何东西一样。

向朋友、家人甚至任何相关的救援机构、协会求助都可以，相信他们一定会愿意为你伸出援手的。不过最重要的还是自己的意志力一定要坚定，断绝和他之间的任何关系，这样才能使他无法在可以攻击的范围中逮到你。

当你获得解脱之后，一定会发现，自由飞翔的快乐远超过他所给的。

玉石俱焚的爱

就如同千篇一律的爱情，美丽和俊雄无论个性、外表都是相当般配的一对，出现在任何场所，没有人不发出“夫妻相”“天造地设的一双”的赞叹。

而他们也真的是一举手一投足，甚至是一个眼神，都逃不过对方的眼睛，彼此有着共通的“语录”以及那灵犀一点通。

然而美中不足的，也是他们最大的致命伤就是——俊雄已婚，而美丽也已经论及婚嫁。

他们相识于三个月前的一场晚宴。两人第一次见面，就都有种“相见恨晚”的感觉。

美丽外向，喜欢冒险，游泳、骑马、射箭、网球等都在行，更爱鉴赏名画，经常游走于画廊之间；而俊雄也是，很注重个人的生活品位。

相对于他们，他们各自的另一半就完全不同了，美丽的未婚夫 A 君是个具大男人主义、保守个性的人，他始终觉得美丽太“野”，对于美丽的沉迷于户外活动，他总是认为“没个女人样”，在 A 君的观念中，女人就该安安静静，随侍在丈夫身边，不可太活跃。如果美丽拉他去看画展，A 君就会像陪女人逛街一样不耐烦。

而俊雄的太太 B 嫂则是事业心很强的女人，凡事讲究实际，受不了俊雄老爱把钱花在买“浪漫”“感觉”上。如果俊雄带她去高级的意大利餐厅，B 嫂肯定会唠叨个没完，宁可去吃“热炒”，理由是便宜又大碗。

于是，所有初识的激情，逐渐被现实给剥蚀殆尽。谁不会在爱情疲乏时开始怀疑当初所选的是否对了呢？但是，那长期培养出来的关系，又岂能说断就断，更何况如果这样的关系又涉及切身的利害关系，那就更难分难解了。

他们不是没有思考过两人的未来。

但俊雄现在挂名董事长的贸易公司，说实在的全是她太太一手独撑，万一离开的话，他将一无所有。

而美丽的情况也好不到哪儿去。她拖着有一个智障弟弟的家庭，五年来的医疗费全是 A 君帮她支付的；A 君有恩于她，也不是说放就能放的。她那单亲的母亲早已认定 A 君是家里的一分子，双方家庭就只等挑个好日子办婚礼。

当爱来的时候，就如同野火燎原，挡也挡不住。美丽为这段感情痛苦不已，明知俊雄才是最适合她的人，却迫于现实，使她不能对不起 A 君。

俊雄也困于相同的矛盾中。

“我们私奔吧!”他们甚至还曾动过“殉情”的念头。爱不到，宁可“玉石俱焚”，仿效“罗密欧与朱丽叶”的剧情。

然而，这真的是他们想要的结局吗?

随着俊雄太太怀孕的消息传到美丽耳中，她失去了理智，决定“孤注一掷”。

她带着一把水果刀，与情郎见面……

情/伤/诊/疗/小/站

化自私拥有的爱为包容

上述故事的结果如何?

依惯例，他们有两种下场：一种真的销魂化作蝴蝶双飞翼，另一种呢?男主角落荒而逃。

聪明的读者一定猜得到。

其实不论男方或是女方，一对能共同携手走完人生路的伴侣，必定是有一强一弱的互补，如果双方都强，就只会落得成日“打打杀杀”的后果，如果两者都弱，那就更没戏唱。

“贫贱夫妻百事哀”，只怕再伟大的爱情也抵挡不了面包的真实，浪漫没了，到时不去怨对方才怪。

这就是为什么我们会经常看到英俊的男人身配了个其貌不扬的矮冬瓜，或是一朵鲜花插在牛粪上的缘故了。

人都是健忘的，想必美丽和俊雄一定都忘了当初怎会选上另一半的。也许也曾有过海誓山盟、深刻的爱恋，只是被岁月给冲淡了。

不妨试着去想想自己的家人。你一定不可能和每个家族成员都无话不谈、心领神会，可一旦叫你和他们断绝关系，或是生离死别，你能割舍得下吗？

想想，那些我们相知或是投缘的，多半是朋友。

即使是朋友，也有同性异性的差别。

如果能把异性之间的相知，以同性之间的情谊来看待，这也许就可以化解许多所谓“畸恋”“外遇”问题。幸福未必是独占，也未必是激情的相吸，而是多方面的愉悦，包括朋友的关系、事实、家庭等等。

化自私拥有的爱为包容，为他拥有很好的生活、亲子关系、美满的家庭而衷心祝福，那不只是成全了自己，也成全他人，更不会因为自私而使许许多多人陷入紊乱与痛苦中。

其实你比起其他人都来得幸运，也许有人一辈子都没有遇到过“真爱”，而你遇到了，也没失去，因为朋友关系有时要比爱情来得更为恒久而长远。

一段不被祝福的恋情，如果勉强在一起，你敢保证这段恋情会永远不变调吗？

面对事实，体会一下别人为你所付出的，也许你正身在福中不知福呢。

辑四

下一个男人不一定不好

感情的世界里，在亲密相处之后，难免会有些摩擦，因为世上本就没有完全相同的两个人。不要只会嫌情人的缺点，而老是看到别人的好处。

男友的好友

玉羽明知自己不该如此，但她就是无可救药地犯下了这样的错。

她尽可能地背着男友偷欢，却不可自拔地爱上了男友小施的死党小尤。

小尤各方面的条件都没有小施强，但唯独特别幽默、细心。可能因小尤和小施经常混在一起，所以无论是外表、说话的口吻都像极了小施。

严格讲起来，小施对玉羽还算不错，但生性喜好自由的玉羽，就是受不了小施那管东管西，想控制她一切的个性。

她是人又不是物品，怎么可以强占？

于是，那天两人间爆发了一场大战。

“我明明看见你在KTV唱歌时，朝那男的挤眉弄眼！”小施为了玉羽生日那天一场庆生宴里发生的事大发雷霆。

玉羽不甘示弱地回他：“拜托！不过是朋友而已，有人点男女对的歌不会看一下搭配的对方吗?”

玉羽不满意他老像侦察机般窥视她的一举一动，好像她是实验室里的白老鼠。

“那只是平常的眼光吗?那你为什么不去看别人，偏偏要去看他?”

“拜托你好不好……”

玉羽感到一股快窒息的难受，男友这次真是挑剔得过分了。她懒得再去解释，只觉得如果再多待在他身边一秒钟，她就要爆炸了。于是，甩头想离开。

“喂!你干吗?你要去哪?”小施依然用命令式的口气。

玉羽铁青着一张脸，回头丢下一句:“出去!难道我连去书店逛逛的自由都没有吗?”说完，便头也不回地走了出去。

玉羽没到那儿去，她的心中被愤怒和委曲充塞。忽一抬头，她看到一个电话亭，于是走了进去。

“小尤，我想跟他分手，这次我是铁了心……”玉羽激动得忍不住哭了起来，其实她心里明白，她还是爱小施的，否则她为什么要哭?

电话那头的小尤紧张起来，连忙安慰她:“你人在哪儿?我过去找你。”

不到十分钟，满脸焦急和担心的小尤已骑着电动车来到她面前。眼见小施这个好朋友都表现得比小施还关心她，玉羽心一动，又开始放声大哭起来。

伫立在街头，手足无措的小尤，只好把她带回自己的租处。

“喂，别哭了，别哭了嘛。”

小尤第一次见到哭得这么凶的女生，简直是没辄了，只能不断地拍拍她的背，递上一条湿毛巾。

“来！擦擦脸吧！哭多了会变丑的。”他想办法逗她，譬如，皱纹会越来越多啦！皮肤泡水泡久了会浮肿变形……

他趁玉羽抬起头时，做个鬼脸，用手掌把脸挤成一团。

“扑哧”一声，玉羽真的被逗笑了，举起拳头轻轻捶向他的肩头。“你好坏！人家在伤心呢！你还在搞怪。”

“看，不是笑了吗？”他拉住她的手，“这样心情有没有好过一点？”

泪是止了，但玉羽的心头还是闷闷的。

解闷、找乐子，小尤是最擅长的，他随即道：“走！我带你去大吃一顿，再到山上去吹吹风！”

玉羽感动万分地看着他。心想，要是小施有他的一半就好了。小施从来不会逗她、哄她，只会把她丢在一旁，等她自己恢复。

但哪个女人不喜欢被哄、被疼惜的感觉呢？

在山上，玉羽说：

“我这次和小施真的完了！”

玉羽已经不再那么心伤，因为她身旁有小尤。

“别说得那么武断。”小尤用她所不懂的眼神看着她，令人扑朔迷离。

但随之而来的情绪淹没了她，她忍不住开口，把隐藏在内心已久的话说了出来。

她认为这时候是最恰当的机会。

“如果我和小施分手了，和你在一起好不好？”

她大胆的表白吓到了小尤，他愣了足足有三分钟。

之后，把目光抛向远方，而他把双手插在口袋里的姿态，则又显露出他深沉不可知的一面。

“这事太急了点。”他竟然用不伤害她的方式，“我是指，你想清楚了没。”

玉羽在冲动之下抱住了他，将头贴在他身上。“清楚！清楚！我发现我真正喜欢的是你，难道你不喜欢我吗？”

她抬头，眼眸中尽是楚楚可怜。

小尤缓缓低下头，吻了她。

几天后，玉羽和小尤约在一家餐厅见面。

等了足足半个小时，玉羽气得跺脚，心里暗骂了好几回，正欲起身走人时，门口一个熟悉的身影。

小尤！玉羽惊喜万分站了起来，仔细一看，那哪是小尤，而是小施。

他怎么来了？他知道她和小尤约在这个地方吗？万一被他撞见了怎么办？以他的个性可能会杀了小尤也说不定。

玉羽开始如坐针毡。

不用玉羽喊他，小施已经注意到她了，匆匆向她走了过来。

他的形容憔悴，玉羽从没见过他这般落魄。是为了她吗？她不禁同情起他来。“玉羽，我好想你，你回来好吗？求你。”

他低声下气地，完全没了平时的大男人作风。这不是玉羽所认识的小施。他变了！

他竟然求她？

“我，我不知道。”玉羽慌张地左顾右盼，生怕小尤会在这个节骨眼突然走了进来。

小施好像看穿了她的心事，开口道：“小尤不会来了，是我拜托他约你出来的，这几天托他照顾你，才能让我好好理清一下自己，我知道以前我对你管得太紧了，对你不够体贴温柔，但相信我，我一定会改，求你给我时间，我真的不能没有你……”

听他叨叨地述说着，玉羽只觉脑子一片紊乱，像胀到快爆破边缘的气球，耳际“嗡嗡”作响。接下来，她就再也听不清楚他讲的东西了。

情/伤/诊/疗/小/站

认清男人是理智的动物

有时，男人的世界并不是女人所容易理解的。

但有一点可以很肯定的是：他们永远比女人要来得理智，他们可以控制选择爱与不爱。这其中当然掺杂了许多现实状况的因素。

这可以从旧式社会中，一个男人在选择妻子时，会请人打听对方的品德、祖宗十八代等行为看出。

即使到了今日，虽然已不再那么夸张，但有些原则还是不变的。譬如，“兔子不吃窝边草”“好马不吃回头草”“朋友妻不可戏”等。

男人对于朋友关系的重视，要远胜于对男女之情的重视。

像玉羽已早一步和小尤的私密好友在一起，无论两人之间有何变化，或是小尤心中可能真的爱慕着玉羽，在“得到玉羽”及“和好友撕破脸”两相权衡下，小尤宁可选择和朋友站在一方。

可怜的是玉羽当初并没有看清这一点，以致有“被耍”的感觉。

她所犯的错就是不该找前任男友的好友作为感情寄托的对象。

如今不慎已走到这个地步，她最聪明的选择就是两者皆不要。

一个是过于重视朋友，另一个则早已不适合玉羽，虽然他口口声声说会改，但如果一旦他在复合后发现了小尤和玉羽曾有的短暂相好，他能忍受吗？

不如就放手吧！“天涯何处无芳草”，相信玉羽一定能找到一个更好、能真诚对她的另一半，携手共度人生。

是爱人还是朋友

小敏从来没有想过，她会遇到这么棘手的问题，像站在爱情的三岔道口。

浩浩是她认识七年的知心好友，小敏经常向朋友骄傲地提起这段难得的友谊。她这辈子的两位知己，一是小倩，另一个就是浩浩。

谈起和这两人的认识，简直就像是一段曲折离奇的剧情。

浩浩本来在追小倩，那时小倩和小敏刚好分到同一班，又是相邻而坐，于是小倩便和小敏攀谈了起来，谈到彼此的爱情观，两人越聊越投缘，小倩突然向小敏提议，要带她去见浩浩，请她提供一些意见。

两个小女生像侦探一样鬼鬼祟祟，潜到浩浩的教室旁边探头探脑，浩浩恰好不在位子上。

突然身后一个诡异的声音："你们在找什么？"

两个人做贼心虚，吓了一大跳，回头一看，竟是浩浩。

那是小敏第一次看到浩浩，却有一种似曾相识的感觉，她发觉自己的心怦怦地跳得好快。

浩浩的眼神在她身上停留了好一会儿，才又回到小倩身上，依旧充满嬉戏的味道。

那回，她认识了浩浩，也成为两人间的“传声筒”，扮演着红娘的角色。虽然，她对浩浩也有心动的感觉，但为了朋友，却只能把这份好感埋藏在心中。

不多久，浩浩便和小倩开始交往。两人之间只要一闹别扭，就会来找小敏；有些不能跟对方说的心事也会来找小敏，因为小敏的口风向来很紧。

逐渐，小敏成为双方各自的密友。

但其中苦涩的滋味，也只有小敏自己知道。

几年后，随着浩浩的入伍，小倩另交男友，这对情人渐行渐远，唯一不断的，就是和小敏之间的友谊。

小敏终于有了松口气的感觉。她正想向浩浩表态时，浩浩却像闪电一般，又交了个新女友，这位女友的姿色比小倩更靓，使得小敏自叹弗如，慢慢地转而接受默默对她痴心守候的学长李希林。

退伍后，浩浩换女友的速度如同换衣服般频繁，他偶尔会向小敏透露几分，但有时却守口不说。每当小敏去见浩浩时，在他专注的凝视下，她几乎要以为自己又爱上他了，然而一转身，浩浩便又像阵风似的消失了好几个月。

倒是小敏和希林的感觉尚称稳定，而这却是她对浩浩唯一保留的秘密。

为什么不坦然地告诉他？有时小敏自己也矛盾。她刻意不让浩浩知道希林的存在，是因为对浩浩还存有一丝期望吗？

和希林在一起时，她有时也会心生愧疚，因为她不能给他完整的爱。就因为浩浩。

而浩浩游戏人间的态度，却又叫小敏每每却步。浩浩向她一点一滴地诉说着自己爱过的女人，而小敏也一次又一次地告诉自己该放手了。

直到希林向她求婚的那个晚上，她特地待在家里想把所有事都静静地回想一遍：她该把自己交给希林吗？

霎时，那些有关浩浩、小倩的回忆一起冲上心头。

突然这时，浩浩来电说要见她。当浩浩来时，手上还拎了瓶酒。

小敏不让他进到屋内，于是两人便在无人的夜里，在街上溜达。

“小敏，我失恋了！从来没有像这次对我的打击那么大，她令我疯狂，我几乎想毁了自己。”他猛灌着酒，还边自顾自地念叨。

然而，这回小敏却一个字也听不进去。她鼓起勇气打断浩浩的话。

“浩浩，我要结婚了。”

浩浩果然停住，睁大了眼睛回头看着她。“什么？你想结婚了？以前怎没听你提过？”

“不是‘想’，而是‘快要’结了。”小敏是铁了心。

“啊……”浩浩又开始展现他那嘲弄的本事来加强内心的防御。“别开玩笑了！从没听你提过有男朋友，怎么一下子就跳到结婚那一步了！你别吓唬我了！”

他口中装着不在意，但神情却十足泄露了他的焦急。

“是真的！”小敏从座位上站了起来，拍拍屁股，她不想再和浩浩毫无结果地抬杠下去了。他是不会了解她的心情的，就像他以为她永远不会有自己的感情生活一样。她不再跟他谈下去了，此刻她只想离开。

“我想早点回去，明天还得给对方一个答复！”

她走到车子旁边。

突然，浩浩在她身后拉住她的手臂，把她都捏疼了。他那张惨白而显得青筋更为突出的脸把小敏吓了一跳。那双迷人深邃的眼睛就像要崩出来似的。

他的口气强硬而且带着威胁。

“你不准嫁人！”

“为什么？”小敏觉得好笑。

“因为，因为……”他讲话开始结巴。“因为我们是朋友！”他强词夺理。

“只是朋友，为什么我不能结婚？”小敏更加好奇了。

“因为，因为……”

她见到他眼中浮现出薄薄的眼光。

“因为，我一直都爱着你。”

小敏好想痛哭一场。

为什么，到这紧要关头了，他才告诉她。他安的是什么心？她一直告诉自己是自己妄想浩浩会爱上她，其实直觉却一直是对的。

为什么浩浩到现在才告诉她，令她蹉跎了多少青春年华。

无法抗拒的，她投入了浩浩的怀里，第一次尝到梦寐以求的爱恋。

眼看她和希林两家都已大张旗鼓，热热闹闹地为办他们的婚礼而忙进忙出，喜帖也都印了。她简直不知如何开口。

而浩浩却对她说：再给他一年的时间。

她该等吗？

怕等到的是一场空，但又舍不得放弃熬了七年才得到的爱。

哎！小敏真是矛盾极了。

情/伤/诊/疗/小/站

别因为等候王子，而蹉跎青春

从小，我们就沉浸在童话故事的美好结局里，相信终有一天，王子将朝我走来。

然而现实中，王子可能一路上都会遇到不少同样怀有绮梦的公主。

事实上，他停留的可能性有：

一、他走得真的累坏了。

二、他老得走不动了。

三、他只是来到堪称友人的面前讨碗水喝，因为他说了太多甜言蜜语而口干舌燥了。

有时，我们不免会深陷于这种非理性的想象里。心甘情愿为对方奉献一切，包容他的所有缺点以及对自己的伤害，甚至在舔着伤口时，还不觉露出幸福的微笑，把凄怆当成是一种美。

那么，那位高高在上的“王子”呢？心目中却视你如女婢，予取予求。

只有在这种不用付薪水的女仆惊然发现自我，欲求去时，“王子”才会开始惊慌，怕侍候他的人越来越少。

毕竟“忠仆”何其难得。

然而我们要认清的是，王子只有一个，而且备受世人的宠爱。而我们又何其平凡，有着日子要过，何必去争一个被人宠坏了的孩子呢？

凡人也有凡人的快乐，凡人也有凡人的可贵；凡人比较懂得生活的艰辛，努力向上想让生活过得更好，正因幸福对他们来讲得之不易，因而他们懂得什么叫珍惜，更了解什么是付出以及爱别人。

“王子”与“凡人”，你要选谁？

青梅竹马

豆豆和小山两家是世交，住得又相隔不到几米远，两人皆是独生子女，可以说是青梅竹马，毕业后又进入同一家公司。

他们的交情当然好得没话说，但可能就是因为彼此太熟了，反而没有神秘感；他们的感情就像亲兄妹一样，叫两家家长等了二十几年想结成亲家的梦难圆。

反而，他们各自交了感情稳定的男女朋友：小四和千千。因着豆豆、小山的关系，四个人逐渐混熟，每逢假日必定会聚在一起。

“小山哪！我就看不出你那女朋友千千会比豆豆好到哪儿去，人家豆豆长得清清秀秀的，人又乖巧，哪像千千，成日打扮得像个妖怪一样。”

小山的母亲一直反对小山和千千的交往，她还梦想着和豆豆家联姻，期盼小山有一天会回心转意。

“妈，我又没说豆豆不好。”小山搂住母亲的肩讨好着，“只是我一直都把豆豆当成妹妹看待，娶自己的妹妹，那不就是乱伦了吗？”

小山总有他的理由，而他母亲也因为疼爱这个唯一的儿子，所以拿他无可奈何。

而豆豆的母亲到小山家打牌时，也同样在那里唉声叹气。

“我就不知豆豆那脑袋里装些什么？文质彬彬，又肯上进的小山哪里不好，她就偏偏要去挑那个成天穿得破破烂烂的穷小子！什么搞音乐的，将来会有什么出息！”

豆豆的母亲口中的穷小子的就是小四。

小四酷爱音乐，最近组了个团经常四处演出，他和豆豆一起已经两年多了。

近一年，豆豆为了跟他在一起，陪着他东奔西跑，也开始有些微词，和千千及小山见面的次数也少了。

基于关心，小山约了豆豆私下见面。

“豆豆，你这样下去也不是办法，就不要总是跟着嘛！免得把身体搞坏了。”

“我也知道啊！”豆豆边说边揉着酸疼的肩膀，“但是，小山，你不知道 PUB 里的妹妹有多可恶，就像苍蝇一样黏在小四周围，我不盯牢点怎行？”

小山不禁苦笑。“这样，你不觉得累吗？”

豆豆苦笑着不搭腔，过一会儿才反问他：

“我倒是羡慕你跟千千……”

“也没像你想得那么好啦!”小山话里有弦外之音，“千千她也是精力充沛，成天玩通宵，好像不用睡觉一样。幸好我对她放心，要不然哪！也惨喽!”

“你对小四不放心吗?”

“当然……”两个人的语气都不是那么坚定。

灯光炫目、热闹缤纷的 PUB 里。小四做完表演走下台来，目光被吧台一角的亮眼“辣妹”给吸引住。

红色露肩上衣配上银色反光布料的超短迷你裙，让旁边两桌的男客人都虎视眈眈。

她意识到有人走过来，转过头。

竟是千千。

“小山呢?”他在她身边坐下来。

“说什么明儿一早要开会，要早点回去睡，害我无聊得半死，只好来找你了。”

“那豆豆呢？怎么没来陪你?”轮到她问。

小四一时答不上话来。据豆豆的说法，是她今晚跟小山约好了要一起去吃饭所以不能过来，但小山为何要骗千千。

他心底升起了疑问。

小四闷闷的，千千心情也好不到哪儿去。

几杯黄汤下肚，千千终于忍不住道出压抑已久的心结。

“小四，你知道吗？我经常怀疑小山和豆豆的感情那么好，两人无论家世和外形都那么相称。”

她瞄到小四变了个脸，连忙打住。

其实在小四心里又何尝没有这么疑虑呢？只是以前他们四个人经常走在一起，但自他组了这个团之后，就有些疏远了，距离一拉远，少有沟通，不免就会有所揣测。

既然千千已打开了话匣子，于是那夜千千和小四两人便彻夜长谈，结果他们讶然地发现到，彼此的观念和想法竟是那么投契，只是以前都没机会让他们单独相处而已。

此后，只要千千一落单，就会到小四演出的场子里去找他。渐渐地，两人熟络了起来。

那天，因受到小山母亲的奚落，千千从小山家逃了出来；在见到小四时，忍不住整个人崩溃，泣不成声，伤心地对小四诉说她对与小山天长地久的无望。

在小四的安慰下，千千竟产生了移情的念头。

“小四，也许我们都不适合他们，我俩才是一对的，你有没有想过……”

小四蓦然惊讶地推开她，他没想到她竟然会说出这种话。

他对豆豆的感情始终坚贞如一。

“为什么……”千千错估了他，大感意外。

“爱情和友谊是两码子事啊！”他丢下一句，留千千孤单地待在PUB里。

而她对自己变了质的爱却无法释怀……更不知如何再去面对小山及豆豆。

情/伤/诊/疗/小/站

放大爱情的共识

在故事中，小四说了一句很关键性的话：

“爱情和友谊是两码子事啊！”

尤其双方都还有牵扯不清的另一层关系时，稍有不慎，你可能就会伤了许多人的心。

千千因为一时对小山的不满，而对小四产生了移情，那可能只是一种冲动，不是爱。爱必须是在双方有共识之后所慢慢发展出来的情感。

像小山和豆豆的共识点在于维持兄妹般的友谊，但小四和千千之间却无法达成一致观点，小四只是基于友情而关心她，然而千千却把它视为一种爱情。

两人相处密切之后，难免会有些摩擦，因为这世上本来就没有完全相同的两个人。不要只会找自己人的缺点，而老看外人的好处。

也许故事中的小四也没如千千想象中的适合她，因为他们连开始都没有呢！

小山虽然有他不能满足千千的地方，但毕竟和她彼此的了解够深，也为她付出了感情。千千能做的，唯有将对小四的依恋彻底地赶出心里。

如果你有类似的问题，试试看“比较法”吧！先准备一个放大镜在心里头。

用来“放大”男朋友的优点，“放大”像小四这种角色的缺点。

这不是告诉你要如何去讨厌一个人，而是让你懂得如何去疏远对方一阵子，等那种牵引你情绪的力量彻底消失后，再回来当朋友。

当然，小四够聪明，一定不会将你表白的事宣扬出去。否则，他就是白痴。

你可以不必和“白痴”交朋友，也无须承认“白痴”说出去的话。

辑五

何苦只爱他

女人都渴望家庭，但有多少结婚对象是自己最爱的人？很多人在爱里跌跌撞撞，那些最爱却往往徒留伤心的记忆，或是因时空的隔离而渐行远去。执著，有必要吗？

不婚主义者

在所有不适合你去爱的男人当中，最惨的莫过于不婚主义者。

遇上这种人真是爱也不是，不爱也不是，

美玉就是不知不觉陷入这样的陷阱中……

对阿德，她可以说是一见钟情，两人初见面就像有聊不完的话题，他们不只外貌般配，连个性也很相合。认识他们的人都觉得他们是天造地设的一对。

但一开始，交往进行得并不如美玉所愿。

阿德对她总是抱持若即若离的态度。其间美玉也有男朋友，只是一直不是很理想，一换再换，而阿德也有类似的问题，两个人还常为此交换意见，有股“同病相怜”的味道。

而从这种同病相怜慢慢地发展到相互依赖则是一年多以后的事。

“阿德，我以后再也不想谈恋爱了。”那日美玉在电话里颓废地说。

“怎么回事？你是怎么了？你还好吗？”阿德口吻十分紧张，关心地问。

美丽的心情的确非常糟，遇到有个关怀她的人，更是哽咽得快说不下去。

“这样好了，我们约出来见面吧！”

夜太美，风很轻，在美好的气氛催化下，他们情不自禁地突破彼此之间的距离，发生了亲密关系。

“不常见你，只因为怕会就此爱上你……”

这是阿德给她的解释。美玉这才发现“曾经沧海难为水”，没想到到头来，竟然发现阿德才是她真正的爱。

一切进行得如此顺利。

日积月累，美玉的感情投注得越来越深，然而在她心中却有个结，因为阿德始终不带她去见他的家人，也从来没有具体的承诺。

爱得越深，女人就要得越多。美玉何尝不是和一般女人一样，祈求能走到地毯的那头，一生相守。

但每当她有所暗示时，阿德的态度就变得冷淡而疏远。

直到美玉受不了，直接表明后，阿德更是刻意疏远，于是争吵、怨怼便接踵而来。

为此，两人分分合合了数次。

始终不愿承认自己是情场上失败者的美玉，最后还是放下身段，乞求阿德回到自己身边。

这样的低姿态反而更糟，让她后来提都不敢提。她曾经去请教过专家、朋友，结果把这归咎于他童年父母的离异，造成他心理的障碍。

朋友劝她多给他一点时间，而她岂只是想给他一点，简直就想把一辈子都给他。但是无论如何耐心地等待他，阿德却始终如一。

他甚至还劝美玉如果想结婚，可以考虑找别人，更令美玉又气又闷。

有时，阿德会连续一个礼拜没出现，打手机又不回，落得美玉夜夜独自度过漫漫长夜。但只要一通电话，美玉就又全然忘记他带给她的折磨，飞奔到他身边。始终放不开，但眼看朋友们一个个结婚生子，她心中真有说不出的凄怆落寞。

情/伤/诊/疗/小/站

认清自己所要的是婚姻还是爱情

“男人越老越值钱，女人越老越没人要。”

其实身为女性的我们，可能要举起双手大声抗议。但是这却是不争的事实。

对于那些渴望有个幸福家庭，安定生活的女人来说，青春的确是最大利器。

但有多少结婚对象是自己最爱的人呢？很多人在爱里跌跌撞撞，但那些最爱，往往只是徒留伤心的记忆，或是因时空的隔离而渐行远去。

佛家也劝人放下一颗执着心。但执着有时也很重要，但要看情况。孰重孰轻，是最先需要考虑的一点。

如果你要的是婚姻，那挑的就应该是适合当老公的对象。除非你要的只是爱情，有一辈子可以经济独立的心理准备，可以把生活安排得充实愉快，这样你才有充足的条件去选择后者。

时代进步了，婚姻不一定是女人必要的归宿，结婚与否，无关对错，但重要的是，你看清楚自己没？

恨不重逢未嫁时

格立是心心曾投入最深感情的男友，相识于心心十八九岁时的青春年少时光，共同拥有许多美好的回忆。

“如果我们生了一个男孩，一定要眼睛像你、眉毛像我，鼻子、嘴巴也都要是我的翻版，还有一双修长细白的小手……”他紧握着她的手，深情道。

“喂、喂、喂，太霸道了吧？为什么只有眼睛像我，那你是嫌我丑喽！”心心发起娇嗔来，但心底却流出甜甜蜜汁。

“不不不！你最美了！我刚才是开玩笑的，别生气啦！”他抓起她的手贴近脸庞，温柔地抚摸着。

格立一向是最依她了，心心调皮地想要他，故意一嘟嘴收回手，把双手交叉在胸前。

“人家又没说要嫁给你……”

明明是心虚，致使心心的脸颊不由得泛红。

一双温暖的手臂绕过她的肩头，把她紧紧揽入怀中。温柔的声音在耳边响起："如果你不嫁我怎么办？我是非卿莫娶了……"

"讨厌！"

她笑得嘴角都弯了，两个甜蜜的小恋人在海边山岩，形成一幅美丽的画面。

残酷的时间总是可以改变一切。

当初的海誓山盟犹在耳，但却被无情的现实分割了——格立一家人决定移居加拿大，为格立在该处申请了学校。虽然两人几经挣扎、抗拒，甚至想过要一同私奔，但最后还是抵抗不了现实环境的压力。两人被硬生生地拆散了。

事隔多年，伤痕也渐渐埋没在内心一角。

接踵而来的课业、社团活动，直到踏入社会就业，忙碌的日子让这段过去已久久不再被忆起。

心心在一家公司认识了家世人品都不错的亚伦，亚伦的敦厚老实以及对心心的体贴，逐渐掳获了她的心。而心心父母对这个未来女婿更是赞不绝口。

他们的感情平淡但却很温馨。

亚伦终于开口向心心求婚，心心也答应了，但在回到家独自一人时，心心的内心却有一股怅然若失的感觉。是什么？她也说不上来。

总觉得和亚伦之间缺少了什么。

"哎！你这人就是人在福中不知福！"

当她把自己心头的感觉告诉好友碧月时，得到了这么一句回答。碧月已过了30岁，一心想嫁人，却苦无对象，她对于幸运的心心一直有说不出的羡慕，而她的际遇则是她梦寐以求的，难怪她会责备心心太过胡思乱想了。

说的也是。心心放下了一颗心，终于和亚伦快快乐乐地步入礼堂。

婚后不到两年，心心就为亚伦生了一个白胖的儿子。

当她第一眼看到孩子时，突然记起，不知谁也曾向她许下相同的承诺。

岁月如梭，儿子就两岁大了，心心也成了标准的家庭主妇。

那天，她带着儿子回娘家，才按下门铃，前来开门的母亲就用高昂兴奋的语调对她说：

“心心，猜，是谁来看你了？”

在母亲身后不远处走出了一个高大挺拔的身影，心心不禁内心狂跳，全身神经都紧绷起来。

跟以往每次约会见到他时的情形一模一样。

十年来，却从未改变。

格立依然那么好看，模样还是没变，连笑都那么令她迷醉。

当他看到心心手里牵着孩子时，脸色稍微僵了一下，但很快就又恢复正常，走上前来逗着小娃。

“啊！好可爱的孩子，没想到你那么快……”他蹲下身子仰头望着勉强露出笑脸的心心。

“是个女孩子吧？”他道。

“是男孩，叫小立。”她说时，眼泪都快忍不住了。

“哦。”

他口气淡淡的，低下头继续逗弄着孩子，使得心心无从看出他的神情。

之后，母亲热情地招呼格立进到门内。由于母亲和格立的母亲以前曾是要好的同事，因而特别多问了些他家庭的琐事。

心心知道格立这次回到台湾是被公司调职过来的，可能会待上好一阵子。

而最重要的一点是：格立并没有结婚，也没有交女朋友。

格立调回任职是他自己要求的吗？是为了她吗？

心心不敢再想下去。

她终于明白了，她婚前的那种失落感，以及见到小立呱呱落地时的刹那感受。原来……

她从来没有把他从心中赶走，她依然深爱着他……

这使得心心往后的日子深陷在痛苦中。

她无法告诉丈夫心中的这个秘密，又对格立怀着一份愧疚，因为她知道自己始终是爱着他的。

家庭与爱情，叫她两相为难。

情/伤/诊/疗/小/站

别把旧爱变成自己的包袱

人都有无法满足于现实生活的弱点。

不管做什么，总是想好还要更好，于是拼命去挖掘那不完美的一面，结果总是两败俱伤。

我们总喜欢把遇到的人与曾有过最深刻一段感情的人相比较。

然而，却忽略了相处的重要。

谈一个恋爱，做一个梦，远比组织一个家庭容易多了！

要知道家庭是由多少人付出的心力，包括双方亲友以及自己家庭成员所共同努力得来的。夫妻在一起，不单只是情，还有“义”的成分。

或许心心是因为对格立的一份歉疚而脱不开身。用另一角度去想，格立的单身也许只是没遇到一个更好的对象而已，心心毋庸把这样的包袱往自己的身上加。在不见面的十年里，他已中断了对心心的付出，以及两人生活上的互动。反而亚伦对她的付出更多，为她建造了足以安身的城堡。

心心真的要做的不该是感伤，如果她觉得有对不起格立的地方，那就更应该积极帮助他脱离沉淀于往事的执着，劝他去找个更好的对象，鼓励他多去比较。让他看清楚，已婚的心心已不再适合他了！

邀请格立参加自己家庭的聚会，为格立多寻觅适当人选，帮格立走出阴霾，才是顾念旧情的一种正确做法。

就把那段美好回忆保留在脑海中，让回忆只是回忆。那不也是挺美的吗？

楼顶上的温柔月光

感情酝酿的最佳状况无非是“近水楼台”，但爱神的箭却总有射错的时候，那时，浪漫就不再是浪漫了……

琦君一年多以前，随家人搬来这个空气清新的半山腰。

初来乍到这个郊外地区，交通问题令工作日颠倒的琦君产生诸多不便，着实抱怨了好一阵子。

那天凌晨一点，琦君在医院的工作交班后，一个人独自开车回山上。路上起了薄雾，视线不佳，琦君特别放缓了车速。就在快到家门口时，她发现一辆刚停进空地上的车子，车灯才刚灭。

这么晚了，还有人跟她一样晚归吗？琦君心中不免警戒起来。

车一停住，她掏出钥匙锁好车门。可能是因为太紧张的关系，不小心把钥匙掉到了地下。她弯下腰，从眼角余光瞄到闪过的身影。正要开口大喊时，嘴巴已遭人捂住，一把冰凉的刀子架在她的脖子上。

对方开口向她勒索。

就在这危急时分，一记强而有力的撞击，把她和歹徒分了开来，接着她看到一个瘦高的身影把歹徒打得落荒而逃。

“你没事吧？”

琦君早已吓得脸色铁青，浑身不住地发抖。

“别怕，没事了，我送你回家吧！”

琦君顺从地指向前方，等送她到门口时，他的口气有些奇怪。

“这是你家吗？”

原来他们是隔壁的邻居。

为了让她放心，隔壁男孩突然指向天空。“你看！今晚的月亮好明亮！”

琦君顺着他所指的方向一抬头，不就是吗！

那轮皎洁的明月，在山上看来，仿佛就近在眼前，又圆又大地高挂在银色的星空中。

一时之间，她止住了泪水，把刚才可怕的经历抛诸脑后，就这么傻傻地盯着星空看。如果不是他提醒，她可能会永远忽略这山上独特的夜景。琦君惊讶地回头望向他。

他纯净清秀的脸庞，散发着如天使般的光辉。扯开微微的笑脸，他说：“我叫阿志，没想到我们竟然是邻居。”

“嗯……是呀！我怎没见过你？”

“我也是。”

会心的话语，消除了彼此的隔阂。

等琦君的心绪稍微抚平之后，便去报了警，而这个叫阿志的大男孩则一直都很热心地陪她奔走。

后来她才知道阿志在当兵，也难怪她没见过他，那日凑巧是他放假回来。

之后，她有一回独自溜到楼顶上想看一眼阿志曾经给她看的景致，不意却碰到了也正巧在楼顶上的阿志。她一阵惊喜。

“你怎么也半夜爬了出来？”

“看月亮呀！”阿志笑嘻嘻地对她说。

琦君感到一阵欣喜，他们仿佛很有默契般，心中那片爱情海正蠢蠢欲动。

之后，只要阿志回来，他们就常相偕上屋顶看月亮，而那也就成了琦君一天当中最期待的时光。

日子一天一天过去，琦君发现自己正强烈地盼望阿志退伍的一天。原来自己已不知何时开始偷偷地对阿志痴迷起来，虽然明知阿志小了她快十岁。

对于阿志的心，她还不是很明白，因此唯恐如果自己向阿志表白会有难堪的情况出现，毕竟这么大的年龄差距不是一般人所能接受的。

在阿志快退伍前的一个礼拜，他回来了。琦君原本想好了和他一同庆祝这好不容易熬过的当兵时期。

在楼顶上，琦君带来她精心烹调的茶，两人席地而坐。

还等不到琦君开口，阿志竟兴奋地打开带来的香槟，给琦君斟上一杯。

“琦君姐，谢谢你这阵子陪我度过最苦闷无聊的时光。”

琦君在阿志充满笑意的迷人眸子下，早就醉了。她满心期待今晚能有个明确的答案。

“其实，我也很高兴有你在身旁，是你让我感受到周遭事物的美好。”

阿志站了起来，举杯对月。“那我们要感谢这轮明月喽！撮合我们成为好朋友！”

他开玩笑地说，忽一转头看向她。

那眼神中的光彩在黑暗中闪烁，这是她从来未曾见过的。琦君发现自己的心都快跳出来了。

“琦君姐，退伍后，我终于可以和女朋友常在一起了！”

琦君脑中轰然巨响，只差没晕过去。

“什么女朋友？怎没听你提过……”

“我当兵时认识的，她家就住在军营附近，我们约好了等我一退伍，两人都一起到都市找工作……喂，琦君姐，琦君姐你怎么了……”

情/伤/诊/疗/小/站

不要陷入一厢情愿的爱情旋涡里

人往往会被片面的情绪引导，而导致“一厢情愿”的结果。

但感情是双方的，缺一不可，也无法勉强。

在爱一个人的时候，并非每个人都会像琦君一样动感情，有许多条件常常会成为一般人在打算开始投入爱情时的考虑。

像琦君和阿志。他们本身年龄相差太大，生活和社会经验等背景也有很大差别。她自以为了解阿志，可是未必，他们所共享的，不过是一段感觉，只是生命中的部分而已。如果真要在生活上共处，也许还有很多周遭的因素，以及阿志的心态等需要克服。

最大的问题还是在定位上：阿志根本没有和她成为男女朋友的想法，只是把她看成一个长辈，像姐姐一样的好朋友，所以阿志才能在她面前轻松自在，坦然以对，就像和家人一样。

可是琦君要的却不只是这些。

频率不同的两人要搭在一起，真的是很难。

要学做一个聪明人，就是时时懂得“双赢”政策，即使是感情问题，理智也可以将其处理得很好。

若想走出单相思的情感处境，建议琦君多往对方家庭走动，把对对方单向的感情融进他的家庭成员中，那么，你会更懂得如何像“家人般”地和他相处。同时，也把他带进自己的家庭中，尽量减少两人单独相处的机会。将一对一的相处模式变成家庭分子间的互动。

这时你才会发现，现实生活中有许多“牵制”的力量，不是单凭一个人的感觉可以克服的。

慢慢把爱转化成和对方一样的感觉吧！这可使自己所受到的伤害减至最低，又不会失去一个可以相互扶持的好朋友。

多年之后再回头，你一定会庆幸自己这样的决定。

而且，在了解你的家人协助下，你一定会更快走出这段感情阴霾。

It's all for your happiness.
x x x

辑六

爱上不该爱的人

爱情有时没什么道理可言，于是错爱就这样发生。爱上不该爱的人，最重要的就是即时认清眼前的事实，别让长久的不幸成为一种习惯。

我的男友是无赖

如果你的男友是个无赖，你会愿意和他在一起吗？

相信所有的女性朋友，包括我在内，都会回答“不可能”，但是，放眼望去，却又都是活生生、血淋淋的例子。

难道这些女生都瞎了眼吗？

小朱和男朋友唐明之间就是一个最好的例子。

小朱想利用出外接洽业务的空当，偷偷到股市炒股票，为自己多赚些外快。

在这家股市开户的第三天，她隔壁的位置就来了一名年轻男生。

“我可以坐在这里吗？”对方问。

小朱一抬头，接触到一对和善的目光。经过打理的有型短发，黑色名牌T恤配上牛仔裤，清秀俊朗的脸孔，迷人的目光，很容易令异性过目不忘。她感到一阵心绪不宁，含蓄一笑，无意间透露了自己的心意。

没想到对方在大方坐下之后又紧接着开口：“我没见过你，想必是刚来玩股票吧？”

此时正好股票快收盘，她手上赚了点小钱，心情大好之下，和他多谈了几句。

从谈话中她得知，他是电脑公司的业务，叫唐明，来这里的目的和她不同，是定时为这家公司做电脑维修的。

“像你那么漂亮，不注意也难。”他嘴巴之甜，把小朱哄得心花怒放。小朱向来都对自己的长相没多大信心，拼命靠大量化妆品堆砌出尚称及格的程度，所以对于帅哥的恭维，说不心动也难。

“你是开玩笑的吧？”她还不太敢相信他说的是真的。

“没，各人眼光不同，像我就特别欣赏你……”

在股市公司“意外”巧遇几次之后，他的话题也越来越大胆。

小朱可以看出他的心意，但两年前她才被交往五年、已论及婚嫁的男友抛弃，这个沉重打击，使她至今仍视爱情为畏途。

唐明似乎察觉出了她的犹豫，便更加主动，主动牺牲自己的部分时间来为小朱盯盘，让小朱不致因此而误了正事。

于是，两人有了堂而皇之的借口见面，而这段股市邂逅也逐渐蔓延到小朱的生活中。他不只帮小朱处理股票买卖，还成为上下班固定的接送者。

两人认识五个月后的春节年假，唐明主动提出了一起出国旅游的建议，由他负责机票食宿。

几经犹豫，终于在决定出国旅游的那天，小朱放开胸怀接纳了他。

在有了更亲密的接触之后，她竟发现唐明证件上的出生年月小了她四岁，而且半年前才刚当完兵回来，电脑公司的工作是他第一份工作，而且根本不是业务，只不过是个送货的小弟而已，和小朱的主管身份相差悬殊，光是她的收入就足足高他三倍。

为了这件事，国外的那段时间，她还和他闹僵了好一会儿，但后来还是被他的甜言蜜语所抚平。

唐明一再向她保证，他会努力让自己与她并肩看齐，还说外在条件并不影响爱情的本质等等。一路上帮她背所有行李，大小事情都由他跑腿张罗，对她呵护备至。

女人都喜欢被宠的感觉，小朱也是，看他对她的好，也就相信了他而不再计较。

回国前，唐明乘胜追击，向她承诺了今生非她不娶。

小朱是那么死心塌地地相信了这一切。

至今两年了，唐明在这段期间由骑二手的破摩托车到开进口轿车，从以前住的阁楼小房间换到东区新大楼的大房子，然而他在电脑公司短短三个月的工作之外，其他时间都是游手好闲，车上还不时载着不同的美女。而且他也不再殷勤地为小朱跑腿，小朱有事找他，他总有说不完的理由推托。

那这些享受由谁来负担呢？答案是小朱。

她就像牛一样地日夜加班，以应付唐明所谓的“明日更美好的生活”。

有时，她觉得自己简直就像养了个小白脸。

但已经付出了感情和青春，如果要收回的话，又觉得得不偿失。她害怕回到以前没有寄托，连小到走道灯泡坏掉都会令她手足无措、感到孤立无援的日子。

但唐明这样的无赖汉，每个朋友、同事都劝她放弃，而自己只要一想到要和这种人度过下半辈子也会害怕。但她能逃吗？逃得了吗？

情/伤/诊/疗/小/站

下定决心离开他

有时候，长久的不幸也会成为一种习惯。

那是一种无意识的行为，让我们像茧一样地被困在其中。

小朱就是。害怕失去以后成为孤独的人的想法绑住了她。

但若继续下去，情况也不会更好，只会更糟。

这种无赖汉像一只吸血虫吸干了寄生物的血之后，一定就会盘算下一个目标在哪里。

如果你也有类似的遭遇，应该怎么办呢？

暂且放下这些教条式的说辞，也许你从不看八卦，那么有一项你马上可以做的，那就是静静地坐下来，找两张纸——不是用来记录他以前对你有多坏，而是用来检视五年，甚至十年后，如果继续和这样的情人交往下去，你会变成什么样子。譬如损失的金钱、人际关系、发展，等等。

另一张则列下拥有的梦想、想成为什么样的人、过什么样的生活、有什么是一直想去做而被拖延的。这会让你从过去的噩梦中惊醒过来。也许列出的项目还会超乎你的想象！

现在面对最重要的问题，那就是什么阻碍了你？

别再自欺欺人了，答案就摆在眼前，你所得到的不过只是个褪了色的恋曲。

不过，为了风度，你可以礼貌性地走到对方面前告诉他：感谢你教会了我再度去爱的勇气。

所以怕什么呢？你也上了宝贵的一课，只不过是代价高了些。

出国远离一段日子，让他见不到你，过一段挥霍的日子吧！或是去完成你的梦想，那会让你拥有更新的想法，更新的人生。

想必你获得的一定远比失去的更多。

恋上好友的父亲

小杜和益华是学生时代的挚交，从台北南下就读的小杜，和益华同住在学校宿舍。

益华来自一个破碎家庭，从小父母就离异，以致使她很不喜欢待在家里，因为她受不了家里那冷冰冰的气氛。在知道了益华的情况之后，小杜对益华在家附近外宿的行为也就见怪不怪了。

由于两人朝夕相处，生活在一起，因此很快就培养出像家人般的情谊。

毕业后不久，益华北上找到一个工作，小杜热情地邀她住进家里。在见过杜家父母几次之后，益华留下良好的印象，而且感到小杜家的温馨和乐，于是便在杜家的热情盛邀下，住进了杜家，住在小杜出国留学的大姐所空出的房间。

每天上班下班，日子恍然又回到大学时共处一般。然而，出了社会毕竟不同，益华偏静，小杜则相当好动，加上亲戚好友都在台北，经常不玩到三更半夜是不会回家的，于是让益华产生了被冷落的感觉。

幸好，小杜的父亲已经退休，除了偶尔外出钓鱼之外，其他时间都待在家里养花弄草。渐渐地，小杜的父亲便成为益华每天拖着疲累身子回家时的一盏温暖灯。

有时，她会想，如果这就是自己的家该有多好！

一天，益华因为无端被扯进公司的人事纠纷，遭到了开除。委屈、伤心的她，冒着大雨跑回家，心中有满腹的怨怼和挫败感。

当她打开家门时，照例是杜伯父那张慈祥和蔼的脸孔来迎接她。在他看到全身湿透的益华时，吓了一跳。

“益华，怎么了？发生了什么事？是谁欺负你了！”

杜伯父关怀的口吻，让益华忍不住投入他的怀抱，放肆地大哭起来。那个宽阔结实的臂膀，像拥抱海洋的港湾让她觉得那样安全，可以依靠，抚平了她内心的不安与惶恐。

杜伯父拉她在沙发上坐下，用他的人生经验告诉她：“你以后一定会令这些人刮目相看的，所有成功者所遇到的挫折考验都特别多，把它当作是一种训练，训练自己更坚强，未来能更具智慧地处理任何问题。所以你应该感谢那些人才对！”

感谢？益华觉得杜伯父的话高深莫测，颇富哲理，虽然她不是全懂，但心中的结已经慢慢解开，不再那么钻牛角尖。

那天，她把一直以来潜藏心底的困惑都告诉了她的“杜伯父”，包括她家庭的问题。杜伯父一一为她疏导，令她感到一直压在心中的那块大石头仿佛正慢慢地被人捣碎，一块块移开，让她轻松许多。杜伯伯的睿智是她在身边朋友身上所看不到的，而这也正是她渴望着的父亲形象。

杜伯父给她从未感受过的关爱与协助。

白天，他开车载益华去应征工作，耐心地守候在大楼外，有时等个两三个钟头也没听他抱怨过，只是不断为她加油打气。

那天，天气很热，益华面试的情况很好，主管特地留她多谈了一会儿，直到窗外的夕阳西下，益华才惊觉自己已耽搁过久。

急匆匆奔下楼，当她看见原来的停车位置是空的时候，整个心都凉了，各种可能的假设顿时涌上心头。

伯父等不及所以丢下她，还是出了什么意外？

直到路那头的转角，冒出了满头是汗、手中捧着两只快融化的冰激凌的杜伯父。

她那种失而复得的快乐，比刚获得一份工作更令她感到兴奋。

“益华呀！伯父怕你热坏了，特地去买你最爱吃的冰激凌，买了就化，化了又买，这已经是第三趟了，你赶快吃了吧！别让它又化掉了！”

接过伯父手中的冰激凌，益华激动得又想哭又想笑，不得不给他一个拥抱。

舔着手中的冰激凌，益华心里甜甜的。

等益华回过神，突然问道：

“伯父，你的车呢？”她惊觉。

“被吊了，早在你下来的半个小时前就被吊走了。”

他的口气轻松，好像没有什么事可以令他紧张气恼般，又像在安慰她。“不打紧，冰激凌重要，吃完再说。”

说完，和她交换了会心的眼神。

益华胸口紧了起来，脸微燥热。这时她才知道自己对伯父已不再只是一般的长幼之情，而是一种男女之爱。她的心越跳越快，连忙低下头，生怕不小心把心事给泄露出来。

这样的爱慕在心底缓缓滋生，她变得更加依赖伯父，到哪儿都跟得很紧，比小杜更像他的女儿。另一方面，她也被自己这股压抑的情怀弄得不知如何是好。为自己该不该把心事说出而经常失眠。

十月二号，是她住进杜家的一周年，也是她认识杜伯父的周年纪念，她打算把心底的爱意告诉他，于是偷偷写了封信塞在礼物盒里。

盒子里是一条名牌领带。益华选这礼物大有永结同心，想套住对方的意味。

益华天真地期待着第二天的到来，她想知道杜伯父的反应，她相信自己的直觉，杜伯父对她那么好，一定也是喜欢她的。

第二天，她下班回家，有人来敲她的房门，然而一屁股跳上她床上的竟是小杜。

她依然热情如昔，似乎还不知道她的秘密。她把手圈住益华的肩膀，然后笑嘻嘻地说：

“益华，爸骂我说我最近忽略了你，实在让你太寂寞了，所以我特地来陪你。”

情/伤/诊/疗/小/站

年龄的差距对爱情还是具有杀伤力

社会中，有不少存有恋父或恋母情结的人，这些人多半是因为家庭破碎，或对父母单方过分依赖导致。因此，常以比自己年龄大许多的异性为爱恋对象。

其实每一个人的心理上都有一种渴望被呵护、被关爱的期望。而且不仅是女性，就是男性也会。

当然，在爱情的国度里，身份、高矮、年龄、美丽等，并不是绝对的条件，但一旦涉入了道德领域，就不能再视而不见了。

爱上好友的父亲，所要面对的不仅是和小杜以及杜母之间的爱的争夺，更是友谊的最大考验。益华单纯的想法所导致的后果，可能是可怕而且严重的，更可能会让自己陷入孤立无援的境地。

当这种爱在心底无可救药地蔓延时，当事人可能会因沉浸在那种爱情的浪漫中而忽略了围绕在四周的危险：你可能伤害的不只是一个人……

年龄大的长辈最吸引年轻女孩的几点，莫过于财富、智慧和社会地位。

如果你不慎有类似的“错爱”，在这里提供几点让你抽离爱的方法。

当然，你也得靠些想象力才行，不过容易“错爱”的人总是特别富有想象力的，所以不必担心，就把你对爱情的幻想转移到这里吧！

1. 想象过了30岁，当你才接近“熟女”的年龄时，仍是很有魅力及女人味的，但你现在所爱的人已是白发苍苍、齿牙动摇，不戴上老花眼镜搞不清楚你今天穿的是什么美丽的衣服。

2. 你还精充沛地想来上一趟环游世界之旅，而“他”却得拄着拐杖、靠人搀扶才能吃力地跨出一步。

3. 老年人容易患病，你要提早把青春埋没在帮人换尿布、擦澡、翻身等方面的工作，你有心理准备吗？

4. 万一抢到了对方，却失去了其他关怀你、帮助你的人，没有了朋友和社交，这种封闭的生活，你会快乐吗？

5. 必须不停地对每个人反复解释你和他的关系，你不烦吗？

6. 当你好不容易准备了一桌好菜，却见他在餐桌前吃力地戴上牙套，你不沮丧吗？

7. 当他和一群朋友大谈抗战时期的英勇行为，而你的记忆却只能追溯到克林顿乱搞性丑闻的那一天时，你不灰心吗？

8. 更别提一起去唱 KTV 了……恐怕沮丧的还不止这些呢！怕了吧！

还是尽早回头好。

异国鸳鸯梦

美代和朋友合开了一间咖啡屋，几乎投入了所有心血，因而经营起来格外卖力，营业时间也比人家长，到凌晨才打烊是常有的事。

某个寒冬，一个穿着俄式军装大衣的英国男子马克走进了美代的店，也闯进了美代空虚的心。

马克和美代的初恋情人一样，都是外国人，而且同样有着在阳光下耀眼、迷人的金发以及碧绿如潭的眸子，有双修长好看的腿，更重要的是有一颗善良、正直的心。

终日把时间精力都放在店里，应付那些纠缠不清的客人，使得美代身心俱疲。在遇到马克的那天，她第一次有了放松的感觉，精神为之一振。接连几天，他固定的到来，成了她每天振作精神的良药。

一开始，马克就告诉她，他是被派来监督行政的工程师，最多待不到一年，快的话可能三个月就会回英国了。但他每次来都会伴着美代直到打烊，日子一久，还更进一步成了她回家路上的护花使者，两人在寒风中又叫又跳，嬉戏得像孩子。

于是美代也就渐渐淡忘了当初告诫自己不要太过沉溺的警惕。马克是那么深深地令她着迷，日子仿佛又回到她十七八岁的初恋时。

那可能是她这辈子最值得回忆的快乐时光，他叫朱利安，也是个英国人，他拥有中国男人所欠缺的浪漫、体贴，拥有宽阔、自由的胸襟，喜欢带着美代一同去旅行。

离别前夕，在火红的夕阳下，他轻许承诺，然而却展翅飞向遥远的国度，从此有如断了线的风筝。

那场恋爱谈得轰轰烈烈，不顾家人、朋友的反对，但最后却以失败结束。这使美代着实消沉了好一阵子，甚至因此而一直无法接受新的感情。

直到遇到了马克，才又重新点了她对生命的那股热情。

太快乐的日子，总是让人忘却了必须承担的后果。

她所知道的马克只是在台湾的他，只是他生命中的某个断层而已。她不认识他的家人、好友，也无从认识起。偶尔和他一起出去的同事也都是中国人，而且显得既陌生又客气。从马克口中，她只能尽可能地以想象力去体验他所形容的家乡、童年，像走进他世界的瞎子一样。不同的国度和文化，在她和他的互动之间形成一道巨大的鸿沟。

“你回国之后，还会想要回来看我吗?”

越接近分别的日子，美代也就问得越勤。而她所得到的答案却是千篇一律，不无可能也不够肯定。

“也许吧！最重要是我们要记得今天共同分享的时光，对吧！”马克仍然有股天真的浪漫情怀。

但已是坐二望三年龄的美代，却急着想抓住青春的尾巴，无怨无悔地爱下去。

为了和马克有更多的相处时间，美代渐渐地连店里也不太去了，惹来合伙人的怨声连连。而她自己的情绪也变得极为不稳，不只是身边的朋友，就连马克也受到波及。她从一个内敛沉稳的个性变成了爱吃醋的女人。

有时，她很讨厌这样的自己，但那种对爱的不安全感却像病毒一样大肆侵蚀着她。她越来越讨厌自己，而在马克眼中，也偶尔会看到那种嫌恶的目光。

八个月过去了，她最不愿面对的分离也残酷地来到眼前。

“你圣诞节前一定要来找我。”

美代在机场哭得稀里哗啦，连她自己都不敢肯定，这样的约定他会放在心上吗？

美代的眼泪让马克束手无策，困窘万分，但她却浑然不知那个在马克心中的美丽女孩早已消逝无踪了。

日子又恢复到原本那种既单调又重复的机械式生活，日复一日。刚开始，美代每隔一两个月就会收到马克的来信，稀稀落落的潦草几个字，有点像在应付，但美代仍然把它当宝似的。

朋友都劝她清醒一点，但美代却仍沉迷在自欺欺人当中。圣诞节眼看就要到了，然而马克依然没有捎来讯息。

终于，在圣诞节前三天，美代决定出发去找他。

旅程中忐忑不安的心情，以及即将见到情人的兴奋，随着越接近马克的家门口，涨到了最高点。

越过大半个地球，冒着风雪，她终于来到马克家，但却迟迟迈不开脚步走上前去。

“小姐，你找到朋友的家了吗？”计程车司机回头狐疑地打量着她。

“哦……”经他这么一催，美代正把手放在开门的把手上，突然一道车灯从后方照了过来，一辆车缓缓地驶近马克的屋前。美代惊愕地停住动作，愣愣地望着那车。

下车的人正是她朝思暮想的马克，她激动得等不及要马上喊他。接着一个小女孩从后车座跑了下来，紧接着是一个手抱两三岁小孩的外国女人……

美代霎地全身变得比外头的风雪还冷，放在门把上的手也无力地垂下。

“我们走好了！我想我是找错地方了……”

她声音小得不能再小，心已碎成如雪花片片。

情/伤/诊/疗/小/站

谨慎选择所爱，别被浪漫冲昏了头

资讯时代的进步，让这世界上人与人之间的距离越来越近，而国度之间的隔阂也越来越小，异国恋曲已被视为平常。

这当中当然也有幸运能够长相厮守的，但只落得一场空的也大有人在。

先不要断定对方是否真心，如果想和对方发展为长期关系，最重要的便是彼此的了解程度。即使是同国籍的双方也是如此，更何况是不同的文化背景，你的他能否全然对你坦诚以对就显得格外重要。

因此，他一旦瞒你什么，人家在远方，你再追也追查不出个究竟，除非真的像美代一样，追到国外去。但万一事情不如预期圆满呢？

证明了他说谎，但却也掏出你不少的荷包，并且花费精神、体力，独自在异乡忍受痛苦。这样的打击可是非同小可。

事实上，对方可能只是抱着一段浪漫邂逅的心态，而你却把心全给了他。

回想两人相处的点滴，绝对有脉络可循。譬如说他是否在你面前兴奋地打电话给他父母告诉你们相爱的好消息，他是否愿意把他国外的电话留给你，他是否告诉你许多他的过去，包括失恋、对感情的态度，等等。

交往前要擦亮眼睛，尤其是在你把对方当成结婚对象而不是玩玩而已时。也别陷入往日恋情的窠臼，一味地认为“外国的月亮比较圆”。好的男人是不分国籍的，最重要的是他的心。

别再因失去对方而自哀自叹，或想挽回什么。换个角度想，这总比你真的和对方结了婚才发现他身边的“另一个”好吧。

再则，去适应不同的文化环境也不是简单的事，必须孤零零地作战，你有这样的决心和勇气吗？而他对你的包容和支持又能有多大呢？

这可不是偶尔来个国外旅游，而是可能要下半辈子都得被困在那个地方，如果没有过新生活的准备，可千万别贸然行动。

再提醒，你也不必如惊弓之鸟：“一朝被蛇咬，十年怕井绳”，外国人也不一定全是不好的，而且国人也不一定就不如老外。试着放开心胸，再多挑多看，别再被浪漫冲昏了头。

谨慎选择所爱，你将会发现，爱情运势也会跟着“大逆转”哦！

辑七

我爱的人不爱我

爱情讲的是双赢，有时，感情只是一种冲动，让人看不清它背后可能带来的疑惑得失。看清楚爱情的样子，提起勇气去面对，即使骗得过自己，也骗不过真实。

暗恋的苦果

倩宜、阿芬、琪琪是三个昔日同窗好友，她们在分别工作了一段时间之后，在一次的聚会中，除了大叹薪水的微薄之外，还谈到彼此的理想，讶然发觉大家都有想开一间小店的梦想。于是，这几个个性相投的“死党”便在阿芬的提议下，动手开起了一间宠物店。

从区区50万元的资本，扣掉装潢以及一些杂七杂八的费用，已所剩无几，因此一些其他的工作就只好“自己人”出力，包括刚上柜的小猫，是拿自家的波斯猫去配种来的。

于是就在这样事必躬亲，艰辛与拮据之下，创业一年后，营业额才总算由赤字转绿。这份在患难中所增进的情谊，则让她们之间更有了一份如同家人般的感情。

“说好了，等我们50岁时，就来组织一个‘黄金女郎俱乐部’，一同手牵手度过这辈子，不准有人先落跑！”

点子最多的阿芬，在看过《黄金女郎》影集之后，激动地大声提议。

另外两个女孩也都心有同感地彼此交换了一个会心的眼神。

“谁先交男朋友，谁就是小狗！”倩宜大声宣誓。

当时这三个女孩都认为这样的誓言不难遵守，如果不是那个叫辉哥的年轻人出现的话……

辉哥在社会上打拼了三年，一直是跑业务的，最近才刚顶下紧邻阿芬她们隔壁的店面，开了间狗店。

猫狗本不相容，但异性却是相吸的。

“哼！你们看！养了那么一群又笨又臭的狗！”

自从阿辉狗店搬来的第一天开始，三个女孩就挤在门口，又损又骂了一番。爱猫的人通常都厌恶狗的活动与聒噪。

“是啊！你看哪，那老板一身的脏衣服，和那难看的狗毛还真相得益彰呢！”

“是啊！哼……”

三个女孩才在为阿芬想出的那些“佳句”笑得乐不可支，忽地，门一开。

窜出个浓眉单眼皮的性格脸孔，冲着三个小女孩和气地笑着。

“你们要买狗吗？”

阿辉的出现，把三个女孩吓得尖叫出声，跌跌撞撞、没命地奔回店里。

“唔……”阿辉搔搔头，正感莫名其妙，一转头，身旁忽一条黑影窜过，接着整屋子的狗就都骚动了起来，狂吠不已，简直可用“鸡飞狗跳”来形容现场的凌乱。

紧接着一声凄厉得令人起鸡皮疙瘩的猫叫声。阿辉猛然明白了这是怎么一回事。就当他要去安抚那群龇牙咧齿的狗儿时，一个闪神，黑影在他关门前冲了出去，后面紧跟着一条“可卡”狗……

在这场“战役”中，阿辉损失惨重。

三个女孩在得知了自己的“恶作剧”所造成的后果之后，十分愧疚，特地上门谢罪。

就这样“不打不相识”，两家店老板反而成了好朋友，并在生意上相互照应。

个性敦厚，勤劳热心的阿辉经常成为女孩店中的免费苦力。

在日积月累的相处之下，阿芬竟然发现自己对阿辉动起情来。

每次只要他出现在门口，她的心就会和门口那个“叮咚”响起的铃铛一起振动，甚至手足无措，连抄写账单都会连错好几个数字。

“哎!”她苦闷地叹了一声，但却引来一双关注的目光。

“怎么，你不舒服吗?”

“没……没……有……”阿芬急忙盖住自己所犯的错误，但却掩不住紧张的情绪，“我……我……只是……”

“好喜欢你”这四个字卡在喉咙里，怎么也出不来。往日的宣誓情景清楚地浮现在她的脑海，她不想被耻笑。于是把话给咽了回去。

“没有！”心虚得脸部肌肉都在抽动。

只能傻傻地望着他离去的背影，心中一阵失落。

三个月后的一天早上，琪琪请了假，直到下午三点才进店里。

这对平时一向准时轮班，视店面与自己生命同等重要的“乖宝宝”琪琪来说，的确有点不寻常。

阿芬打了一上午的电话到她家，连她妈妈都不知她去了哪儿。

就在她进店里的那一刻，猫笼里不安的窜动，可爱、娇人的波斯猫“雄雄”迫不及待地从她身旁逃开的情形，一如每日阿辉进来店里的情况一样。

阿芬一颗心提了起来，心中隐隐感到一股不祥的预兆。

不到一分钟，阿辉竟急急忙忙地冲了进来，对着琪琪说：“你的手机掉在车上了！”

然后就像旋风般地跑了出去。不过，只短暂停留在琪琪身上的目光，却清清楚楚地说明了一切，就像一道雷电劈上了阿芬的脑门，她觉得全身都动弹不得。

“阿芬，我们不过是去吃个饭！”

即使琪琪之后拼命解释，但再也无法弥补两人之间的裂痕。

最后，阿芬带着倩宜转移阵地，另辟战场。但失去了琪琪那份股份以及损失的装潢，让猫店元气大伤，而且又得重来一次，经营得相当吃力。

不到半年，就早早结束了当年的梦想。

情/伤/诊/疗/小/站

别让“情绪激素”迷惑了对真实的判断

爱情讲的是双赢，人生的战场上也一样。

有时，感情是一股冲动，让人看不清它背后可能带来的忧患得失。像很多在一起多年的怨偶，最后发现自己并不那么适合对方，只是成了一种习惯，因而不断地冲突、怨恨。

我们经常被一种所谓的“情绪激素”迷惑了对真实的判断。像故事中的女主角阿芬，就是标准的“赔了夫人又折兵”的写照。

或许阿辉喜欢的是如“琪琪”般文静的女生，活泼外向的阿芬又何必勉强将自己套入那种框框里。

如果换一种方式，当阿芬发现股东之一的琪琪和心仪的阿辉在一起时，把从感情上的挫败，转化成对事业的积极心，把花在阿辉身上的心思转投注在店的经营上，努力拓展业绩，想办法使店的生意更好，暂时对那两人的交往视若无睹。如此一来，不仅转移了注意力，或许还是事业的另一项转机呢。

一旦店面经营得不错了，如果琪琪依旧不准时上班，不守当初的约定，那么阿芬就有足够的“后盾”把琪琪的股份抽离。

而且，搞不好，阿辉还会因为阿芬的努力而回头刮目相看呢！如果不，那又如何。

也许某一天，会进来一个爱猫的调皮帅哥呢！

我爱的人是同性恋

淑女的个性一点也不像她名字给人的印象——文静贤淑；相反地，她的朋友多如繁星，成天忙得像蜜蜂一样。

进入造型业界已经五年多，淑女在圈内混得不错，也很吃得开。一向生性乐观的她，最近却碰到了小小的麻烦。

话说同一性质的工作者很容易形成特有的圈圈，淑女也不例外，她有六七位同是造型师的好友，也出现在各大型的服装秀场。

其中有名香港人PAUL，和淑女特别谈得来，玩在一起也挺疯的。不知何时开始，淑女渐渐发现对他有特别异样的情感产生。

由于他对淑女特别细心照顾，使得淑女有很多事都依赖他。东西忘带找他，支票来不及收找他，甚至PAUL的家里还放有一份淑女家的备用钥匙，以防经常丢三忘四的淑女半夜进不了家门。

就因为他的细心，很容易得到女性的好感，但却从没见他有过任何女友，于是就在朋友的起哄下，她真感觉有那么一点点的不同。

“怎么，你们还没有进一步吗？”

“我觉得他对你不错，这个男人很好，你该好好把握才是。”

朋友都这么劝她。

终于，淑女鼓起了勇气。在一回工作完毕后，约他单独见面。

只是喝一杯咖啡的时间，却见他不断地看着手表。

“待会儿有事吗？”

淑女从来没想过，在他面前，自己也会有那么紧张的一刻。

“嗯……有什么重要的事吗？”他把语气尽量控制得柔缓，但还是无可避免地透露出一股焦急烦躁。

“我……”对着他漂亮的眼睛，淑女的胸口一紧，又把想说的话吞了进去。“不……没事啦！只不过是口渴想找人陪我喝杯咖啡而已。”她连忙低下了头，掩饰自己的心虚。

PAUL 奇怪地看了她一眼。

“那如果没事的话，方不方便载我到××街去。”看来他真的很急。因此淑女这场表白的约会只好作罢，落寞地点点头。

依 PAUL 所指，她载他到达该处，PAUL 迫不及待就要下车，招了招手越过马路，在马路一端有个身材高挑，穿着极具品位的男士正在等着他。

淑女心情灰灰的，驱车离去。

忽一转头，发现他掉在车上的记事本，于是又调转头去。

远远的，那个熟悉不过的背影就在眼前，淑女急忙摇下车窗，正要喊……

却见 PAUL 把手揽过对方的腰，在他脸上印下一吻。

那股亲昵状，任谁都会认为他们是一对热恋的情侣。

淑女急转了方向，只觉脑中轰轰炸响，都忘了要去哪儿，只是漫无意识地在街道上绕了许久。

情/伤/诊/疗/小/站

面对现实，将爱恋化成友情

内心纤细体贴的男人总是那么轻易就可以掳获女人的心。然而，社会越来越进步，禁忌的解放，让各种可能都会发生。

同性恋在这个社会中已慢慢形成一种普遍的现象。

其实淑女能及早发现倒还好，就怕她又在骗自己，期待对方回头。

谁不希望自己将来的老公是个体贴完美的人。但有一点必须想清楚，对方有可能是属于你的吗？

也许PUAL真的很好，但他就是无法属于一位真正的女人，这点是淑女不得不认清的事实。不过，像PAUL这种人，而倒很容易成为女人的贴心朋友，因为他细心、冷静、豁达。淑女倒不妨往这方面去想，可以和对方当一辈子指点迷津的好朋友。

认清事实，提起勇气去面对，你可以依自己的心境选择何时该疏远，何时又该靠近。这种来自心灵的声音是最准的，不要忽略了它。时间一久，相信你即使再骗自己，也骗不过真实吧！慢慢把这段恋情化为友情，甚至可以适时向他请教意见。最适合你的人，也许并非完美，却能与你互相配合取长补短，最重要的是要爱你，这样感情才能画下完美的休止符。

老师我爱你

小夏是个业余的好歌手，从初中开始，她就一直梦想着有一天可以站在舞台上，成为一个耀眼的歌星。

因此，她经常参加各种大大小小的比赛，而且成绩都还不错。

家境贫穷的父母，对于小夏的理想，总是倾全力支持，并对小夏的天分寄予厚望。

半年前，小夏进入由宋老师所主持的歌唱训练班。

宋老师严格的教学令她的歌声有着急速的进步，小夏每天努力地练习，为的就是三个月后参加亚洲音乐大赛。据说有多家国际级的唱片公司都会出席这项大会，名列前三名者将有机会被签入唱片公司旗下。

这对小夏有着巨大的吸引力，她几乎是怀着“背水一战”的心情。而宋老师对小夏的实力也满怀信心，特地抽出个人的休息时间，加紧训练她。

就在这紧要关头，父亲工作的工厂突然倒闭，连临时工的薪水都领不到，家里顿时陷入困境，连吃饭都有问题，更何况是交出当月的补习费。

小夏心里矛盾极了，她很想在那段时间去打零工帮助贴补家用，但又不愿放弃这次机会。

当宋老师知道她的窘境之后，竟然答应免费义务资助她继续歌唱训练。

“只要有一天，你能成功地在台上唱歌给更多人听，这就是你对老师的最好回报。”

宋老师的知遇之恩，令她感动万分，自然更加卖力练习。

宋老师是个理想主义者，对小夏自然也要求严苛。

那天，因为小夏一直无法把指定曲的高音转折部分唱好，遂一而再地反复练唱，直到深夜。

“嘭”一声，宋老师用力把钢琴盖合上，情绪不佳地吼她：“再唱不好，明天就别来了！”

小夏吓了一跳，煎熬压抑的泪水也如山洪爆发般地不可收拾，委屈、挫折充斥在心里。她就蹲坐在地上，不知哭了多久。

直到那轻轻拍在她肩上的力量惊醒她，一张格子手帕送到她的眼前。

“天色晚了，我送你回家吧！”是宋老师的声音。

她抬头，对视着那双慈善和蔼的目光，愧疚感油然而生。

“不要放弃！”好强的小夏心底响起了这个声音。

“不！我再练，老师，我一定会把它练好的。”

望着小夏执着的目光，宋老师不禁动容。他疼惜这个坚毅的女孩，怜惜地摸摸她的头，换了个口气轻声道：

“放心！我们明天再来，你肚子大概也饿了吧！我带你去吃东西，再送你回家。”

深夜十一点。

他们坐在通化街夜市里。宋老师一时兴起，向她提起了自己年少时的成长经历。

“其实我是个孤儿，11岁就当了人家的学徒学钢琴调音，慢慢才有了今日的成就。你比我幸运多了，至少你还有关心你的家人。”他感叹地看着她，“所以我可以体会贫穷是什么样的滋味。”

“正因为如此，我们更不能让人看轻，更应该争口气给别人看！”

他的话深深震撼了小夏。

小夏没想到宋老师竟和自己来自于类似的环境。他执着的目光感动了她。

不由得，她心头一动，对眼前的宋老师产生了异样的情愫。

这样的感情，在往后的日夜相处中越发地加速滋长。

她不知该如何喊“停”，不过她一直隐藏着不让他发现。因为她知道宋老师已有未婚妻。

越是如此，她就越是格外地想拥有宋老师，以唱之名占据他的所有时间，也有争宠的心态，在宋老师接听未婚妻电话时，故意尖声练唱来打断他们。

她开始做一些连自己都无法理解的行为。故意唱不好，却在最后老师快失去耐心之前，才表现出最佳状况……

练唱已变成其次，能多留老师在身边才是主要的。

眼看比赛的日子越来越近，她的情绪也越来越复杂紊乱，她不想搞砸一切，但是对宋老师的爱慕已经让她成了失舵的船，驶向茫茫的大海中……

情/伤/诊/疗/小/站

正确地定位你的感情

回忆我们初高中时，几乎每个人都同样有着迷恋某位老师的印象，只是强烈与否。

那些痴迷过头的女学生，往往就会引发“师生恋”等不伦的传闻，甚至搞得身败名裂，或者发生更严重的“殉情记”。

无论它是发生在校园或是某个社会中，“师生恋”总是被冠以“畸形”“不名誉”的印象。

姑且不论其“对”或“错”，本来两性相吸就是亘古不变的道理，尤其是“近水楼台”，更是容易生情愫。

事实上，把视野放大一些，男女之间的“关系”就一定要锁定在狭窄的“爱情”领域吗？其实它还包括有“父母”

“兄妹”或“前辈”等关系。

像我们对家人的爱、对伟人学者的崇敬，即使是异性，也很难产生爱情的联想吧！

所以，很多人一开始就把人定位错误，钻牛角尖，明知不可为而为之。

对那些引导我们成长的恩师，心怀的应是感恩，而不是爱慕。佛家有一种“大爱”的说法，很适合有着类似故事里的经验的人参考。

也许年轻的人没有足够的能力来化“爱”为服务人群的力量。但跳脱思考的层面，却是马上可以做到的。

如果“爱情”是可以靠想象的，那“关系”为何不能呢？

看着在家里走动的父亲、兄弟，你可能想象会和他们谈恋爱吗？可能念头一牵到这就令你恶心、罪过吧。同样把这个模式套在那些教导你的人身上，你将会有另一层的领悟。

爱是什么？

可以是敬爱、尊重、感激、钦佩、关心、体谅、扶持……

而不一定是“情爱”。

为爱改变一切

阿凤一如她的名字，始终本着来自南部的传统保守，相信“嫁鸡随鸡，嫁狗随狗”的女人宿命。

来到繁华的都市中，她遇到了她生命中的第一个男人。

“你是我遇过最单纯的女孩，有如璞玉一般完美无瑕。”

那个男人如此奉承阿凤，并无微不至地照顾她，令阿凤深受感动。

原本在百货公司当营业员的她，因为无法配合阿勇朝九晚五的工作形态，因此在三个月后就把工作给辞了。

阿勇为她另觅住处，使她搬离了一同来都市讨生活的同乡朋友。

“你如果爱我，就要为我彻底改变，我可不希望自己将来的老婆像个土包子。”

阿勇搂着她，亲密地说道。

结婚？这对憧憬着婚姻的阿凤来说，是一句多具吸引力的话。

她的父母从她小时候就争吵不休，最后以离婚收场。

阿凤一直希望有朝一日能逃脱父母不幸的阴影，而阿勇的话无疑是给她建造了一个美好的幻象，没想到她终日梦想的披婚纱的日子，那么快就将在她23岁时来到。

阿凤为讨好阿勇，几乎事事都顺着他；不再和好友来往，也没再上班，和以前的生活完全脱节，只靠阿勇给的几万块生活费，每天打扮得漂漂亮亮，等他下班回来。

一个月、两个月，半年过去。

阿勇开始以加班为名，逐渐减少回来的时间，甚至在她最需要人陪的周末假日也不见人影。

他去了哪里？她无法掌握。

几次经过楼下大门，发现那几个三姑六婆用不怀好意的眼光打量她。

有一回，她忘了带钥匙，于是请锁匠来帮她开门。

当阿凤坐在楼梯口无聊地等待时，她听到了来自二楼的声音。

“哎呀！要是我哪敢出来见人哩！”

“是呀，世风日下，人心不古，知人知面不知心哪！你看楼上那女的，一副乖乖女的老实样，没想到却是人家养的小老婆！”

一直到进了门之后，阿凤的全身都还抖个不停。

她……不是快要和对方结婚了吗？怎么会成了个小的？

再见阿勇时，她大吵了一番。

阿勇也不避讳他早有家庭的事实。

阿凤能怎么办？她爱他，而且一旦离开他，她将一无所有。

于是，日子一天天过去，但她却无法挣脱这命运给她的枷锁。

情/伤/诊/疗/小/站

千万不要为了爱而封闭自己

“男怕入错行，女怕嫁错郎”，虽然阿凤没有嫁，但却在生平第一个男人身上栽了个大跟斗。

很多这样的例子。在一开始，男人海誓山盟，要你完全属于他。

渐渐地，女人连朋友也不要了，工作也不顾了，只以对方为中心，让自己与社会隔离，活在男人筑起的象牙塔中。

这样地封闭自己，如果这个男人是认真的也罢了，一旦你只是他感情的俘虏，届时要挣脱，恐怕也不是那么容易。而且你也难保他继续“培养”第二个、第三个呢？

聪明的女人是不会那么轻易就范的。

但是，如果你已踏进了这个陷阱，怎么办？

最好的精神援助还是来自家人。无论是好是坏，家永远是你的最佳避风港。

还有，找回以前的社交圈。如果你脸皮薄或觉得已经得罪了他人，那就试着去建立新的社交圈，如何！

它可以是一个社团、新的职场或是共同学习的伙伴。

不要羞于握别人伸出友谊的手，认识更多的人，或许他们可以提供你意想不到的有效解决方法呢。

还有一样重要的，那就是经济来源。

唯有经济可以独立，生活才能掌控在自己手里。

如果你没有后顾之忧，就像电影《危险枕边人》演的，即使不带走一件衣物，游向彼岸，你也不会有任何损失。

看清吧！只有恶才会对人设陷阱。那些早已有老婆的人，还对女人主动，就已经说明了他的不忠实，你还期盼他的心会一辈子只留在你身上吗？

逝去的爱

阿强是小碧两年前交的男友。当时两人之所以会告吹，问题就出在阿强的花心。当时小碧在一气之下，心想“你有，为什么我不能有”，于是便尝试和另一个男孩交往，但却意外地被阿强发现，两人大吵一架，走上分手之路。

但不久后，小碧还是和后来的男友分了。在恢复单身之后，小碧便不断地想起阿强的好，虽然他是花了点，但却始终把她摆在第一位，把她呵护得无微不至。之后，小碧换了几个男友，都觉得不及阿强。

直到有一次，小碧在公司外发的CASE上，赫然发现合作者名单上有阿强的名字，原来阿强最近组了一个设计印刷工作室，但她都不知道。

分手后第一次再见到阿强，她发现自己紧张得快说不出话来，那心情竟和第一次见到阿强时一样。

她以为阿强也是。

但他依旧神采飞扬、幽默健谈，面对她没有一丝尴尬，反而亲昵地抚摸她的头。

“你变漂亮了……”阿强含情脉脉地看着她，无形中拉近了彼此的距离。

女同事与其他合作对象不约而同投过来的既羡慕又嫉妒的眼光，反而使得小碧有略胜一筹的骄傲与甜蜜。

阿强依旧那么有魅力。

抬头接触到他那似水的深邃眸子，深刻得有如印第安人的五官轮廓。他才没变呢！依旧是那样俊朗。

在约好的几天聚首中，阿强一再地表现出昔日两人熟悉的举动。

那天，他们在阿强工作室开会到深夜十二点。

“蜜思果，我准备好给你的！”他把她最爱吃的东西放在她面前的桌子上。

“哎哟！好偏心哪！为什么只有她有，我们没有！”一起开会的另外三个女生酸溜溜地鬼叫。

小碧心中泛起一阵甜蜜。

不料，却随后见到阿强打开冰箱，上面一层全是“蜜思果”。阿强捧了满怀，笑嘻嘻地说道：

“来！每个人都有，要吃几罐就吃几罐。”

小碧心凉了半截。阿强“博爱”的精神依然没变。

那夜，大伙儿走了出来，小碧要走向叫来的计程车时，阿强却拉住了她。

“我送你回去吧！”

“不要！”小碧赌气道，“我和她们一起走就行了，为什么要你送！”她嘟起嘴，明显地还在“怀恨”。

“当然我该送。”他紧拉着她的手用力握紧了些，“因为，我们是老朋友嘛！”

好像再坚持下去就太不给面子了。另一方面，说小碧不动心也是骗人的。她的心仿佛有两端力量在拉扯。

“走吧！”

挥别了同事，阿强更显得“一切都在控制之下”而得意扬扬。

那夜，不知是天空作美呢？还是故意“恶作剧”。

就在快到小碧家时，突然哗啦啦地下起了大雨。

“雨下得那么大，我送你到门口吧！”

他依旧那么体贴，不禁令小碧沉醉。以前他们也是在雨中一吻定情的。

“嗯。”小碧一下车，却惊讶地发现他脱下外套披在头上，急急赶过来为她遮雨。

“你没带伞？”她诧异。

“你知道的，我向来有不带伞的习惯。”

两人就这样肩并肩地在雨中飞奔。小碧几乎是整个上半身都被他搂入了怀中。

这样的浪漫，只有在电影中看过，但现在却真真实实地上演在她和男友，不，是“前男友”身上。

他是那样地保护着她，以致到了她家门口，小碧只有袖子湿了半截，而阿强则几乎全身湿透。

感动之余，她略带羞涩，含情脉脉地看着对方，“谢谢你……”

他温热的喘息吹拂在她脸上，激起心中阵阵涟漪。

“没什么的！”

他的眼光有如闪烁的星子，令人目眩。

“我……”她屏住呼吸静待即将发生的事……

“好好睡一觉吧！明天还要上班呢！”

她愕然地睁大双眸。

而他只是轻捏一下她的肩头，便转身再度跑入雨中。

浑浑噩噩回到家中的小碧，安慰自己，他是尊重她吧！

在案子快完成的那天，小碧鼓起勇气提早一个小时到阿强的工作室。迎面来了一个女人，苗条性感，穿了一身名牌服饰，眼神充满防御地上下打量着小碧。

“你是……”

“我是固立企业的行销企划……”

“哦。”她不待小碧说完就立刻打断她，换上了另一种热情的姿态，“欢迎、欢迎！我是阿强的另一个股东，才刚下飞机，对不起，之前没办法招呼你们。来，要不要喝点什么？”

那女人踩着高跟鞋，一打开冰箱，原来的蜜思果全都换成了伯朗咖啡。

“来！别客气，我是阿强的女朋友，他的朋友也等于是我的朋友……”

之后，公司连续和阿强的工作室合作了几个案子。每次小碧只要看到阿强和那个女子在她面前毫不忌讳地又搂又抱时，简直嫉妒得快要发狂。

她知道，自己竟又爱上了过去分手的男朋友。

几次想放弃，但却在夜深人静时抵挡不住内心的波涛，又拨下了那个熟悉的电话号码。

“阿强，你还记得吗……”

不知不觉，她成了阿强与他女朋友之间的第三者，由原先的“老大”沦为处处委屈的“老二”。

情/伤/诊/疗/小/站

别被习惯蒙蔽了你的内心

我们常常会对某些事物过分地执着，譬如某一些人，毕生忘不了他们的初恋，或者追逐自己深爱的人的影子。

它或许只是一个习惯而已。

追逐影子并没有错，因为类似不一定一模一样，但如果不断地追逐同一个影子，那就极易陷入危险中。

仔细思索，当初分手的理由。

没错，人是会变的，但天性要改却是不容易的。

像小碧，一不小心就又掉入往日美好的幻象，忘了曾经有的教训。

她也试图交往过别人，但始终还是觉得阿强对她最好……

要知道，西洋情圣“唐璜”不正是最了解女人心，最懂得殷勤的男人吗？除非你是“卡门”，才玩得起这种游戏。

孤独感有时只是单恋着刻意营造的气氛。

与其把时间花在思念、怀旧，为何不走出去，或是多仔细观察别的男生。问题不在于他够好，而是你比较得不够多。

It's all for your happiness.
XXX

辑八

认清爱情的谎言

当白马王子的目光落在自己身上时，很少有女人能抗拒那骄傲、优越的心态。但也就是因为这样，常常掉入野狼的陷阱而不自知。爱情的谎言，需要靠智慧去破解。

背叛爱情

永佳不认为自己是多情的人，她和男友历经了七年的爱情长跑，一路上大的风雨，也共同携手走了过来，但她最近却遇到了个“大麻烦”。

公司里的主管小陈，总是向她大献殷勤。

小陈是个名牌崇尚者，穿着打扮入时，人也长得有型，特别是他那善于讨好人的嘴，早已是女同事们私下爱慕的对象。有关他的花边新闻不胜枚举。

集所有女生妒羡的眼光于一身，说永佳没有心神荡漾也是骗人的。更何况，早在半年前小陈进来时，她就注意到他了，而小陈有意无意投射过来的目光，令她怦然心动。只是碍于她和男友阿德的感情十分稳定，使她不敢对小陈多作联想。

事情就发生在他们一同陪老板到国外出差的时候。小陈帮永佳挡掉好色的日本客户的纠缠，永佳为了答谢，和他共进了一个浪漫的烛光晚餐。

在夏威夷海滩罗曼蒂克气氛的催化下，眼前又是那么一个具有魅力的异性，令永佳也情不自禁地产生丝丝异样的情愫。小陈低头吻了她，而她发觉自己竟有些贪恋这种感觉。

小陈拉着她的手漫步在日光下。

"就让我们走一段吧！不要在乎是否天长地久。"他这么说着，因为他知道永佳有男朋友，所以并没有对她多所强求。

但这却深深打动了永佳。

他们彼此有了默契。回国后，他们果然仍在一起。

永佳把上班的长时间相处给了小陈，而下班假日的时刻则和男友在一起。

刚开始，她也满沉醉在这两个男人呵护的感觉里，还有小陈偶尔撞见男友来接她时的那种吃醋样，令她甜到心里头。

一次，男友突然跑到公司来找她，当时正在和小陈窃窃私语的永佳，真的差点被吓心脏病来。

自从有了那次的经验之后，永佳开始提心吊胆，感受到草木皆兵的滋味，生怕一个不小心会东窗事发。

就在半年之后，永佳几次发现小陈躲在远处打电话，那语调、神情有异。她故意走过去，小陈便急急忙忙地挂上电话，好似刻意在避着她。永佳觉得异样，却始终抓不到把柄。

一直到那个星期六中午，她原本和小陈约好下午要去看电影，因为男友正好到南部出差。于是在公司里等着小陈把手边的公事忙完时，她突然接到一个找小陈的电话，对方是个女的，口吻甜甜柔柔，不像是公事上的联络电话。永佳把电话转给小陈，刻意观察他的神情。果然，小陈低头压低声音，眼神防御地瞟了过来。

不多久，挂上了电话，小陈拿着手机走出公司大门，在外讲了足足有半个小时之久，一直到永佳按捺不住，冲出去找他，他才匆匆挂上。

永佳果然证明了自己一直以来的疑虑。

小陈挂了电话，神情有些冷淡地对她道："我有个朋友生日，抱歉下午不能陪你去看电影了！"

永佳妒火中烧，失去了平日的理智，怒气冲冲地对着他道："你是不是有别的女人？"

小陈瞄了她一眼，那冷淡和疏离就像把刀刺入永佳的心。

"永佳，我对你没有要求吧？所以你也无权过问我的私生活。"他有意提醒她当初的约定。

只在乎曾经拥有，不在乎天长地久。

而且她理亏在先。她自己明明已经有男朋友，还接受了另一份感情，她的确没有权利去要求小陈。

永佳只记得自己气得全身发抖，拎起了皮包，哭着冲出公司。

她的心情是痛苦而矛盾的。

对于男友，她有份情义，而小陈给她的才是激情，她不知不觉地爱上了他，现在要回头已来不及。而她的男友对她的一往情深及照顾又令她割舍不下，永佳被困于这复杂的感情之中。

情/伤/诊/疗/小/站

别被一时的激情所迷惑

爱上一个人是幸福的，同时爱上两个人便是痛苦。

小陈是那种女人梦寐以求的情人典型，俊美、帅气、小有成就。比起永佳老实而敦厚的男友，当然更具强烈的吸引力。

当“白马王子”的目光落在自己身上时，很少有女人可以抗拒那股骄傲、优越的心态。不知不觉原谅自己偶尔的小小犯错，想着只要玩一玩，立刻回头，既然男人可以，为何女人不行?

这里，就牵扯到男女心理的不同了。女人是爱情的奴隶，不管你在之前想得多清楚、多理智，一旦爱上了对方，一切都完了。想得更多，要得更多，为爱奉献、牺牲在所不辞。

反观男人就不同了，他可以一换再换，同时左拥右抱，两三个不嫌多，尤其是像小陈那种女人随时都会黏上来的男人。

没听过“妻不如妾、妾不如偷、偷不如偷不着”的男人心态吗？小陈未必认为永佳最好，而是她对他的挑战性最高，就像捕抓猎物一样。他要的只是男性的一种成就感，把不容易到手的东西掳获。

到头来，原以为“集三千宠爱于一身”的永佳，日子一久，那猎人腻了，就不会再长时间待在安稳的巢穴中，他一定会再去追求更新鲜、刺激的！永佳如果真的转头爱上对方，就会尝到真正的苦头。

这时再回想当日的洒脱，不觉得可笑吗？

最好的方式就是彻底铲除小陈这个心底的毒瘤。想尽一切小陈所欠缺、而男友具有的优势去作比较，看看他对你够不够好，重不重感情等。

所谓患难见真情，再虚假的包装也很容易被识破。

人交往久了，彼此之间一定存在着一定程度的了解，那是新朋友所无法取代的，回想过去和男友之间所共有的甜蜜回忆，让自己回到初相识的那一刻，一定也曾有过一样的激动和甜美。

除去第三者那漂亮的糖衣吧！你会发现他除了讨好人的那一面之外，其余都不具意义，也不够重要。

及时踩下刹车，多看看现在男朋友的优点，你才不致两者皆输。

难道，你没听过“历久弥坚”的道理吗？

宿命的爱

美月是天底下少有的“稀有动物”，是个标准的“痴情女”。而她的痴来自于她的宿命论。

她很相信算命，即使事实已经摆在眼前……

她和小伍相识于三年前一个初春的午后。

空气淡淡薄薄的，阳光柔柔地洒在身上，是最适合和情人相偎相依走在人行道上的季节。

他们不约而同地参加了一个无聊的直销大会，而且都是在进去之后才发现被朋友骗了。

小伍恰巧就坐她身边，两人一开始就有同样的看法，无奈却被紧盯着，无法在中途离去，于是两人便攀谈了起来。台上人说得情绪激昂，而他们也谈论得投机并浑然忘我。

最后，在几十对嫌弃目光的注视下，他们被硬生生地赶了出去。

“啊！外头的空气真好！”他伸了个懒腰，不经意地一瞥，引得美月心头小鹿乱窜。

“看天色还早，别浪费了这一天，不如一起吃个饭，我请客！”小伍大方道。

在聊天的过程中，美月得知小伍是个保险业务员，和她来自同一个故乡。基于同乡之情，两人间的距离又拉近了不少。

席间，小伍当然不会放过向美月推销保险的机会，但美月却天真地以为他是对她有意，否则怎么对她的一切……包括家庭、工作状况那么急于了解。

在那次相聚之后，美月就止不住对他的思念，他的一举一动始终盘旋在她脑海里，连工作时想到他，也会不自觉怔怔发呆、傻笑。

“哟……谈恋爱了？”同事家萍凑近调侃她。

“如果他有心的话，三天之内就会再约你出来！如果没有的话，那就……”家萍耸耸肩，一副经验老到的爱情顾问般。

美月听得一愣一愣的。

不过也真是巧，第二天一早到公司，她便接到小伍的邀约电话，令她像被打了一针强心剂一般。

接连几天，他们又陆续出去了几次，其中有一次是小伍邀她参加他同事的聚会，几个女生偶尔投射过来的妒羡目光，令美月产生了一种优越感。

日子有如踩在云端般地飘飘然。

就在美月签下小伍的保险合约的那天，她和小伍有了更深一层的关系。

这使她更加肯定了和小伍的关系，她认定了他就是和她前辈子所约定好的那个人，并且天真地认为和小伍会一帆风顺地走下去……

孰料，一个月过后，小伍便开始疏远她，从一天一通电话减到三五天才来一通，而且大部分时间都是美月主动和他联络，但却经常找不到他。

好不容易等到周末假日，但小伍的所有音讯却更是中断得彻底，不但家里电话没人接，手机也不开，把美月急得有如热锅上的蚂蚁。

他会不会是发生了什么意外？美月还这么替他担心，为他编了上百个理由。她甚至还为此去卜卦算命。算命先生告诉她，她和小伍是前世夫妻的缘分延续到今生，如果错过了，她可能一辈子都再也遇不到合适的结婚对象。美月点头如捣蒜。

是的，她也相信自己对小伍有股强烈的直觉，那种思念起来心就会绞痛的感觉。而且她也一厢情愿地相信小伍在潜意识里也有这样的感觉，只是他还不自觉罢了。

她可以等，等小伍“清醒”过来。

但是美月的“死缠烂打”使小伍更加厌烦了，他从原先客气地保持距离以免刺伤她的自尊，到不得不直接表明。

“美月，我们只不过是朋友，并不算在交往，一开始也不过是在彼此试探不是吗？怎能算定下来的呢？”他的口气明显地不耐烦。

“是呀！试了我才知道你是最适合我的，我从来没有这么认真地爱上一个人。”她倒是活在自我陶醉的世界里。

美月就是不死心。

最后，小伍只得以拒不见面来避开她。

这令美月伤透了心，但仍不肯放弃，常去求神问卜。

“没错，他是有别的女人，但心里面，他还是最爱你的，你们生来就有夫妻缘……”

于是，美月陷得更深……

情/伤/诊/疗/小/站

止于所当止，不要替对方找借口

在爱情沙场上，有经验的人都知道，感情刚萌芽两三个月的观察期最为重要。

你可以依此判断对方是否真心，和对方是否适合，对方是否只是抱着玩玩心的花花公子。

花花公子采蜜是不会在同一个花园待超过三个月的，请相信这事实吧！

其实如果不单方面看男性，女人也有选择合适对象的权利。所以一开始其实双方都还在摸索阶段，彼此都还不那么了解，如果这时有一方投入得太快、过深，一旦情况不尽理想，那这方所受的伤害就很大了。

美月就是忽略了这段观察期，而一味地相信直觉，愚昧地相信算命先生无凭无据的因果论断，而不肯面对自己的所见所闻。

最可怕的是，那些抱着目的而亲近你的人，他们所制造的假象，往往使人在失败又失身之后才恍然大悟。这时所痛心的，不仅是感情的损伤，更是辛苦赚的钱白白落入别人口袋中的悔恨。

不是所有的业务员都不好，而是你认识对方时，是否能仍持有公私分明的态度。如果你有兴趣和对方谈生意，那就谈生意，如果觉得想和对方交朋友，就别把公事扯进来，让有心者有机可图。

如果美月当初不和小伍谈保险，没准小伍还不会那么殷勤，三五天发现攻不下对方的心房，便掉头离去了。这样，不正可以将一个人接近自己的心态看得更清楚？

所有周围的朋友，什么算命仙，他们对对方的体验绝对没有当事人深刻。像美月这样深陷其中的人，可以去选择膨胀他对你的坏，不要试图去为对方找任何借口。

譬如，他凝望你的眼神，似有若无。你可以想象他就是用这双自以为迷人的眼神魅惑不少女人，难道我也想成为其中一名笨蛋吗？

他不耐烦地三言两语打发你。你可以想象：他正在构思如何讨好下一个女人，他对你比他家里的佣人还不屑。

他邀你买他的“产品”。你可以想象：哟！他的感情真“贱价”，就只值账面上这个数目。

他邀你上他家签合约。你可以想象：我需要花钱买男人吗？

他说话不断投你所好。你可以想象：他是条哈巴狗吗？连一点主观的意识都没有，这人一旦交往下去，可靠吗？

把他对你的坏，都要加倍再加倍地放大，即使只是微不足道的一根小刺。那才足以把他从心底连根拔除。

当然，聪明的女人会在一开始时止于所当止，如此一来，不仅可以多了一个朋友，也能替自己赢来尊重。

辑九

能够不爱了以后

想走出感情的阴霾，除了改变心境，更要身体力行，才能彻底根治。

想挥别情伤，走出阴霾，除了改变心境，更要身体力行，才能彻底根治，否则一不小心，就可能又走上回头路，身陷泥淖。

能够在不爱以后学着如何巧妙地放手，适度处理男女之间的关系，会让你永远处于有利的地位。就像人生任何一个战场一样，多一个朋友总比多一个敌人好，不要老把自己陷于重重困境，化阻力为动力，才是身为现代人的聪明做法。

除了以上提的观念性改变之外，还需下猛药——身体力行，双管齐下才能见效并彻底根治。否则一不小心就又可能走上回头路，身陷泥沼。

这里提供两类能够助你疗伤止痛的药方，从静态以及动态双管齐下，适合不同个性的你。

动态处方

这是针对喜好外出活动，对凡事都充满好奇、新鲜，喜欢追求刺激的你。

第 1 帖　运动

当你四肢开始活动时，血液循环加快，有助于思绪的清朗，并可把注意力转移。尤其是团体性的运动，除了有助于把郁闷的心情打开，更可增进人际关系，在与他人的互动下舒解紧绷的情绪。

第 2 帖　不断地工作

同样也是分散注意力的方法，有点像化悲痛为力量的意思。将想念对方以及以往相处的时间善加利用，仅可以淡化那股悲情，说不定还会因为多投注于工作上的精力，而使你职务晋升，或是获得一笔额外的收入可以好好犒赏自己。

不过要注意的是：千万要量力而为，不要累死自己。否则体力不支倒下，躺在病床上，会令你加倍怨叹！

第 3 帖　去玩惊险刺激的游戏

根据作者的经验，那种惊吓足以让人好久都忘记我是谁？

而且那里尖叫也是理所当然的，没有人会视你为疯子，也不会有警察过来。尽情尖叫也是很好的宣泄方法。

如果你对这种娱乐害怕，那就更要尝试犹如从鬼门关走一趟的感觉，保准会加强你“天下无难事”的决心。

第 4 帖　参加俱乐部

不是要你去酒店消费，这里指的是正当、健康的户外休闲俱乐部。

社会上有许多对外开放的帆船俱乐部，水上摩托车、潜水、滑翔翼等，走出户外有助于开拓心胸，多认识一些新朋友，为自己的生活带来改变。

第5帖　旅行

背一个背包去流浪。在旅途所遇到的各式各样状况，让你应付都来不及，足以忘却缠绕你的苦恼。开拓你的眼界，可以改变很多想法。

这也不失为沉淀思绪的一个很好方式。

第6帖　热心助人

其实这是一项最难做到，也是最可贵的方法。之所以把它放到最后，是要提醒你必须比前几项更有心理上的准备。如果你有心去帮助别人，却脱不开自我情绪的困扰，那只会更扩大你所影响的范围，不但无利反而有害。

在决定好要实行这一项时，首先可以注意有哪些公益团体在征求义工，打电话到孤儿院或老人救济院，把对用在不当对象的爱转移到关怀不幸的人身上，化小爱为大爱。

如果你常在感情路上崎岖难行，那么这将是最佳的寄托方式，慢慢可以影响你对爱的看法——不一定只局限于爱情。爱情有时只是单行线，而且自私，而帮助别人的爱却是互助互相的，从中所得到的快乐更胜一切。

借由这样的改变，你身上所散发出来的磁场也将吸引更善良、更优秀的人来接近你，你的人生可能因此而改观。

静态处方

如果你的个性比较内向保守，那不妨试试以下几个方法。

第1帖　养宠物

宠物就像孩子，养孩子需要花费许多时间和精力，宠物也不例外，它可以帮助你转移情感的注意力，告诉它的秘密也永远不会被传出去，你对它好，它也会回报以贴心。养只宠物，远比找个男人来爱简单多了，不是吗？

第2帖　培养兴趣

也许这听起来很老，但事实上却是真的，就算是手工艺、画画或书法，都有助于减缓你心中的压力。最重要的是，你必须找出一项最有兴趣的事来做，然后持之以恒，为自己定下目标，就如同自己和自己竞赛一样。

它也许能意外地为你开拓人生的另一条路。

看看那些成功的艺术家，有很多也是在遭遇到不少的坎坷与挫折之后，才寄情于内在的才能，成就他人所不能成就的事。也许你不必为自己订下太高的目标，但是一个小改变，替自己留下特别的纪念也是挺不错的。

第3帖　学习

把多余的时间用在学习一些实用的技能上：英文、电脑、烹饪……任何都行，就别白白地把它浪费在无意义的闲聊上。仔细想想，你能和朋友说来说去的也只是一些重复的问题，为何不趁机多充实自我呢？

也许有太多的事情是你想去学的，别只是把它放在脑袋里，付诸实行吧！说不定这会是你遇到更好对象的机会！

第 4 帖　养成写日记的习惯

把满腹的牢骚苦水都记下来，这不仅是一种情绪的宣泄方式，更是和自己的内心对谈。在把思绪理清之后，你会找到最好、最恰当的答案。

第 5 帖　看书或看电影

看好书，有许多前人的智慧和经验在里头，可以带来一些启发和引导，吸取别人的教训，总比自己一个人碰得头破血流来得好吧！

而好的电影也一样，除了娱乐之外也可以增长智慧。这两者都可以让我们暂时脱离现实情境，改换另一种角度去思考。

第 6 帖　清理、打扫

只要让身体保持不断地活动，就可以避免断续钻牛角尖。

把家里全面地清扫一遍吧！该丢的丢，角落的灰尘也要扫一扫，和你的心情一样。清洗那些平日没空洗的衣物，洁净干爽的感觉会令你心旷神怡。